NOUVEAUX
CONTES DE NOEL

EN VENTE CHEZ LES MÊMES ÉDITEURS

PAUL ARÈNE

LE CANOT DES SIX CAPITAINES

Un vol. in-16 de la collection des Auteurs Célèbres.

Prix : 60 cent.

EMILE COLIN — Imprimerie de Lagny

PAUL ARÈNE

NOUVEAUX
CONTES DE NOEL

PARIS

C. MARPON & E. FLAMMARION, ÉDITEURS

26, RUE RACINE, PRÈS L'ODÉON

NOUVEAUX
CONTES DE NOEL

LA VRAIE TENTATION
DU GRAND SAINT ANTOINE

CONTE POUR LA NOEL

DÉDIÉ A MES PETITES AMIES JEANNE ET MADELON DAUPHIN

Saint Antoine poussa la porte et vit dans sa cabane une demi-douzaine d'enfants tout petits, montés du village malgré la tourmente pour lui apporter du miel et des noix, friandises que le bon ermite se permettait une fois l'an, le jour de Noël, à cause de son grand âge.

— Mettez-vous en rond, mes amis, et jetez dans l'âtre quelques pommes de pin pour que la flamme éclaire... Bien !... Maintenant faites place à Barrabas : le fidèle Barrabas a si grand froid que son groin en pèle et que sa queue raidie ne peut plus se détortiller.

Les enfants toussèrent, se mouchèrent, Barrabas (car tel est le vrai nom que portait le cochon

1

de saint Antoine), Barrabas, ses sabots voluptueu-sement fourrés dans les cendres chaudes, grogna ; le saint rabattit son capuchon, secoua la neige de ses épaules, passa sa main sur sa belle barbe grise où pendaient des chandellettes de glace, et s'étant assis, il commença :

— C'est donc ma tentation qu'il faut que je vous conte ?

— Oui, bon saint Antoine ! oui, grand saint Antoine !

— Ma tentation ? mais vous la connaissez aussi bien que moi, ma tentation. On l'a mille fois dessinée et peinte, et vous pouvez contempler sur mon mur, collectionnées soigneusement (Dieu me pardonne cette manie peut-être vaniteuse !), toutes les estampes, vieilles ou nouvelles, consacrées à ma gloire et à celle de Barrabas, depuis l'image d'Épinal qui coûte un sou, chanson comprise, jusqu'aux chefs-d'œuvre admirables des Téniers, des Breughel et des Callot.

Vos mamans, à coup sûr, vous ont menés voir au Luxembourg, sur le théâtre des marionnettes, mon pauvre ermitage tel qu'il est ici, avec la chapelle, la cabane, la cloche suspendue à la fourche d'un arbre mort, et moi au milieu en prières, tandis que Proserpine m'offre une coupe et qu'un paquet de diablotins, balancés au bout d'une ficelle, se cognent en poursuivant Barrabas effrayé.

Bientôt même, quand vous suivrez l'école, ce qui, je l'espère, ne saurait tarder, vous pourrez, à travers les vitres de la bibliothèque paternelle, lire ces mots : « La tentation de saint Antoine, par M. Gustave Flaubert, » inscrits en lettres d'or sur le dos gaufré d'une belle reliure.

Ce M. Flaubert est habile homme, quoiqu'il n'écrive pas pour les petits enfants de votre âge, et, sur mon compte, assez exactement renseigné ; de leur côté, les artistes dont je vous parlais tout à l'heure n'ont oublié aucun des diables qui, à diverses reprises, me tentèrent ; ils en auraient même ajouté plutôt.

C'est pourquoi, mes enfants, à revenir sur des événements si connus, je craindrais vraiment d'avoir l'air de radoter...

— Oh ! saint Antoine !... Oh ! grand saint Antoine !

— Si je vous disais quelque autre chose ?

— Non ! la tentation, la tentation.

— Allons, fit Antoine en souriant, je vois bien que je n'échapperai pas à la tentation cette année encore : mais, comme vous avez été exceptionnellement sages, je vais vous en conter une qu'aucun artiste n'a peinte et dont M. Gustave Flaubert n'a point parlé. Elle fut terrible pourtant, n'est-ce pas, Barrabas ? et me fit rouler plus longtemps qu'il n'aurait fallu sur la pente au bas de laquelle

luisent dans un grand trou les feux de l'enfer
tout ouvert. C'est d'ailleurs par une nuit pareille,
et à l'occasion du réveillon, que l'aventure m'arriva.

A ce début, Barrabas, évidemment intéressé,
se redressa sur ses deux pattes de devant pour
écouter, les enfants frissonnèrent et se rappro-
chèrent, et voici le conte de Noël que leur raconta
le bon ermite :

— Donc, mes amis, vous vous figurerez qu'après
mille tentations successives, les diables tout à
coup avaient cessé de me tenter. Mes nuits de-
vinrent tranquilles. Plus de monstres griffus et
cornus m'emportant dans les airs sur leurs ailes
de souris-chauve ; plus de suppôts d'enfer à barbe
de bouc, à museau de singe ; plus de fantasques
musiciens essayant d'effrayer Barrabas avec leur
ventre fait d'une contre-basse et leur nez qui s'évase
et sonne comme une invraisemblable clarinette ;
plus de reine Proserpine en robe d'or semée de
vives pierreries, gracieuse et majestueuse

Et je me disais : « Tout va bien, Antoine, les
diables se sont découragés. »

Nous vivions, Barrabas et moi, heureux autant
qu'on peut l'être, sur notre roche. Barrabas allait,
venait, me suivait partout, m'édifiant de sa candeur et me réjouissant de ses gaietés enfantines ;
moi, je faisais ce que fait tout bon ermite : je

priais, je sonnais ma cloche aux heures voulues, et, dans l'intervalle des exercices et des prières, je puisais de l'eau à ma source pour arroser, dans un creux abrité, les légumes de mon jardin.

Cela dura six mois et plus... les six beaux mois de solitude !

Je m'endormais dans la confiance ; mais, pour mon malheur, le Malin veillait.

Un jour, aux approches de la Noël, j'étais en train de prendre le soleil devant ma porte, quand un homme se présenta. Il avait des souliers ferrés, un fort bâton, un habit de velours coupé carré ; il portait sur le dos la balle des porteballes, et criait: « Broches, broches, broches !... Fournissez, » fournissez-vous de broches ! » avec un léger accent auvergnat. « Vous faut-il une broche, bon » ermite ?— Passez votre chemin, brave homme, » je vis d'eau claire et de racines, et n'ai que faire » de vos broches. — C'est bon, c'est bon, ne nous » fâchons pas, on remballe sa marchandise ! » Pourtant, ajouta-t-il avec un diabolique regard » en me montrant Barrabas qui, plus perspicace » que moi grognait furieusement dans un coin, » pourtant celui-ci m'avait paru luisant et gras » en suffisance, et je croyais, Dieu me pardonne ! » que vous le destiniez au prochain réveillon. »

Le fait est que ce gueux de Barrabas, depuis que

les diables ne tourmentaient plus ses digestions,
s'était paré d'une graisse réjouissante.

Je remarquai soudain la chose. Mais de là à
manger mon unique ami, il y avait loin. Aussi,
quand je vis le porteballe redescendre le sentier,
l'air penaud, sa broche à la main, songeant à
cette idée qu'il avait eue de me faire réveillonner
du corps de Barrabas, je ne pus m'empêcher de
rire.

Peu à peu, cependant, comme une mauvaise
herbe qui chemine, cette infernale idée, car c'était
évidemment un diable sorti des enfers qui, dé-
guisé en colporteur, avait voulu me vendre une
broche, cette infernale idée de manger Barrabas
poussait ses racines en dedans de moi.

Je rêvais broches, je voyais broches. Vaine-
ment je multipliais les mortifications et les pénitences ; pénitences et mortifications n'y faisaient
rien. Et le jeûne, le jeûne lui-même ne faisait que
surexciter mon appétit. Je fuyais Barrabas, je
n'osais plus l'emmener dans mes quêtes, et lorsqu'à mon retour, frétillant de la queue, il venait
affectueusement frotter sur mes pieds nus les rudes
soies de son échine, je détournais les yeux bien
vite et n'avais pas le cœur de le caresser.

Mais je crois, mes enfants, que tout ceci ne vous
intéresse guère, et peut-être préféreriez-vous...

— Non ! bon saint Antoine.

— Continuez, grand saint Antoine.

— Je continuerai donc, quoiqu'il m'en coûte de réveiller d'aussi pénibles souvenirs. Que de tentations! que d'épreuves. Le diable, pour induire la créature à mal, se sert parfois des choses les plus innocentes.

Près de mon ermitage il y avait un peti' bois (je crois qu'en cherchant bien on en retrou erait encore quelques arbres), où de braves gens m'avaient permis de conduire Barrabas à la glandée. C'était notre promenade favorite, le soir, au soleil couchant, quand la feuille du chêne sent bon. Là, je lisais, Barrabas se gorgeait de glands, et souvent même, labourant de son groin la terre humide sous les feuilles tombées, il en faisait jaillir certaines boules grenues, odorantes et noires, qu'il croquait avec volupté.

— Des truffes, peut-être, grand saint Antoine?

— Oui, mes petits amis, des truffes, cryptogame dédaigné par moi jusque-là, mais dont le souvenir me revint tout d'un coup, exact et appétissant. Si bien qu'à partir de ce moment-là, chaque fois que Barrabas déterrait une truffe, je la lui faisais lâcher d'un coup de bâton bien sec sur le plat du groin, jetant hypocritement, pour que l'infortuné ne se décourageât point, une châtaigne ou deux à la place.

— Oh! saint Antoine!

— J'en ramassai ainsi plusieurs livres...

— Et vous vouliez truffer les pieds à Barrabas?

— Sans être bien décidé encore, je confesse que j'y songeais vaguement.

A côté de ma porte, reprit l'ermite après un silence, une plante apportée par le vent avait germé entre le roc vif et le mur. Ses longues feuilles d'un vert grisâtre sentaient bon, et dans ses petites fleurs violettes les abeilles venaient se rouler au printemps. J'aimais cette plante modeste qui semblait n'avoir voulu fleurir que pour moi ; je l'arrosais, je la soignais, j'avais tout autour apporté un peu de terre. Mais hélas ! un matin, comme je venais d'en casser un brin du bout de l'ongle, j'eus, en le respirant, une rapide et tentatrice vision de quartiers de porc rôtissant à la broche et inondant d'un jus doré des brins d'herbe, plantés en quinconce dans la chair, qui grillent et se recroquevillent. Ma plante, ma modeste petite plante, c'était la sauge chère aux cuisinières, et sa friande odeur n'évoquait plus désormais dans mon âme que des images de ripaille et de cochon rôti.

Honteux de moi-même, j'arrachai ma sauge et donnai mes truffes toutes à la fois, dans une écuelle, à Barrabas, qui s'en régala.

Mais je ne devais pas être quitte à si bon mar-

ché. La sauge arrachée, les truffes jetées, mes tentations pourtant persistèrent. Elles revinrent même
plus fréquentes, plus irrésistibles, à mesure que la
Noël approchait. Mettez-vous à ma place : avec un
estomac robuste encore et maigrement nourri depuis des années de légumes sans sel arrosés d'eau
claire, ce que je voyais passer au pied de mon
roc, sur le grand chemin qui mène à la ville, était
bien fait pour damner un plus saint que moi. Quelle
procession, mes amis ! Les gens de l'endroit,
fidèles chrétiens, préparaient leur réveillon huit
jours à l'avance, et c'étaient, du matin au soir,
d'innombrables convois de victuailles : charretées
de cerfs et de sangliers morts, homards ficelés,
poissons par pleines hottes, huîtres en bourriches,
poules et coqs pendus tête en bas, au bât des
montures ; moutons gras destinés à l'abattoir ;
canards et pintades ; troupeau blanc des oies qui
panardent ; troupeau noir des dindes qui secouent
leur jabot violet ; sans compter les bonnes femmes
de la campagne portant dans des paniers des
fruits de verger mûris sur la paille et des raisins
conservés frais, des melons blancs d'hiver, des
œufs et du lait pour les crèmes, du miel en gâteau
et en pot, des fromages et des figues sèches. Et
cela sonnait, tintait, trompettait, babillait, glous-
sait, vacarme affriandant que dominaient toujours,
tentation suprême ! les cris désespérés de quelque

porc lié par la patte, qui entraîne son conducteur, et qui hurle en tirant sur sa corde.

Enfin la Noël arriva. La messe de minuit dite à l'ermitage et tous les assistants partis, je fermai la chapelle à clef et me barricadai vite dans ma cabane. Il faisait froid, froid comme aujourd'hui; le vent de bise soufflait et la neige couvrait les champs et les routes. J'entendais au dehors rire et chanter; c'étaient mes paroissiens qui, bien emmitouflés, s'en allaient réveillonner dans le voisinage. Je regardai par le trou du volet : çà et là, dans la plaine blanche, des feux clairs luisaient aux fenêtres des fermes, et là-bas la ville illuminée renvoyait au ciel rougi comme le reflet d'un immense fourneau. Alors je me rappelai les réveillons de ma gourmande jeunesse, l'aïeul présidant la table et arrosant de vin nouveau la grande bûche calendale; je vis les plats fumants, la nappe blanche, la flamme dansant dans les faïences et les pots d'étain du dressoir, et de me trouver ainsi seul avec Barrabas, quand tout le monde était en fête devant un maigre feu, avec une maigre racine et une cruche d'eau en train de geler, soudain une tristesse me prit, je m'écriai : « Quel réveillon ! » et je ne pus retenir mes larmes.

C'était l'heure qu'attendait le tentateur.

Depuis quelques instants, un frémissement d'ailes invisibles montait et grandissait dans le silence de la nuit. Un éclat de rire traversa l'air, et de petits coups, frappés discrètement, sonnèrent sur mon volet et sur ma porte. — « Les diables! cache-toi, Barrabas! » m'écriai-je. Et Barrabas, qui avait de bonnes raisons pour ne point aimer la diablerie, se réfugia derrière le pétrin.

Les tuiles de mon toit tintaient comme sous la grêle ; de nouveau, tout autour de ma pauvre cabane, la bande infernale se déchainait.

Mais voici bien le plus étrange. Au lieu des bruits terrifiants et discords par lesquels mes ennemis s'annonçaient d'ordinaire : cris d'oiseaux de nuit, bêlements de boucs, ossements entrechoqués et chaînes de fer secouées, c'étaient cette fois des bruits très doux, vagues d'abord et pareils à ceux que le voyageur transi entend sortir d'une hôtellerie fumante et close, mais qui, distincts de plus en plus, finirent par se fondre en une merveilleuse musique de broches qu'on fourbit, de casseroles qu'on récure, de bouteilles qui se vident, de verres qui s'emplissent, de fourchettes piquant l'assiette et de tournebroches qui carillonnent, demandant à être remontés.

Tout à coup, la musique cessa, un choc violent fit frémir les ais de ma cabane, le volet s'ouvrit, la porte tomba, et, le vent s'engouffrant, ma lampe s'éteignit.

Je croyais déjà respirer la suie et le soufre... Pas

du tout ! Le vent infernal arrivait cette fois chargé de bonnes odeurs et sentait le caramel et la cannelle ; depuis l'entrée du vent il faisait très doux dans ma cabane.

A un moment, j'entendis crier Barrabas ; on l'avait déniché dans sa cachette : « Allons, bon !
» me dis-je, voilà les vieilles plaisanteries qui re-
» commencent ; ils vont encore lui attacher une
» pièce d'artifice à la queue ; ces messieurs les
» démons sont peu inventifs ! » Et, m'oubliant moi-même, je priai le ciel d'accorder à mon compagnon la force de supporter l'épreuve. Mais comme il criait de plus en plus fort, je me hasardai à ouvrir les yeux, et, ma lampe s'étant soudainement rallumée, je vis l'infortuné martyr tenu par la queue et les oreilles, en train de se débattre au milieu d'une ronde de diables blancs.

— De diables blancs, grand saint Antoine ?

— Oui, mes amis, de diables blancs et blancs du plus beau blanc, je vous assure : déguisés qu'ils étaient en patronets, en marmitons, avec la veste courte et le béret. Ils brandissaient des lardoires et manœuvraient dans l'air, à cheval sur des lèchefrites.

Cependant, au milieu du logis, sur deux tréteaux, ils avaient placé une planche longue et couché Barrabas dessus. Près de la planche : un grand couteau, un seau, un petit balai, une éponge.

Barrabas hurlait, et je compris que les diables allaient saigner Barrabas.

Quelle perdition que la gourmandise ! Tant que le sang coula et que Barrabas hurla, je me sentais quelque émotion dans l'âme ; mais une fois Barrabas silencieux : — « Bah ! » me dis-je, « puisqu'il est mort ! » Et c'est avec un sang-froid coupable, et même avec un certain intérêt que je vis, entre les mains des infernaux marmitons, le candide Barrabas, mon cher compagnon de solitude, manipulé cruellement et merveilleusement transformé en un tas de choses succulentes.

Je le vis grillé et râclé ; pendu par les pieds le long d'une échelle ; ouvert en long, vidé, lavé, blanc comme un lys et sentant bon déjà dans la vapeur de l'eau bouillante, puis tranché, haché, salé, chair à pâté, chair à saucisses, tout cela avec une rapidité, une prestesse diaboliques, si bien qu'en un clin d'œil la pierre de mon foyer s'étant couverte d'un lit d'ardente braise (les diables, hélas ! n'en manquent jamais), je fus entouré de marmites pleines, de grils chargés, de broches garnies où, parmi des fumées odorantes comme l'ambre, dans des jus et des sauces roux comme l'or, chantaient, rissolaient, frissonnaient, cuisaient, et cela, je le confesse, à ma grande joie ! les restes charcutés de celui qui fut mon ami.

Soudain tout change. Quel spectacle !... Un

palais au lieu d'une cabane ; plus de cuisine ni de braise ; le mur décrépi se lambrisse, le sol battu se couvre de tapis. Seules les tuiles du toit gardent leurs trous ; mais ces trous se transforment en une merveilleuse treille à jour, courant sur le plafond doré, et laissant, par ses découpures, voir le bleu du ciel et les étoiles (j'en avais jadis admiré la pareille chez un homme riche de la ville à qui je prêchais la pénitence). Et, par ces trous, montaient, descendaient une légion de petits marmitons porteurs de plats, s'entortillant dans les feuilles, se suspendant aux vrilles cassantes de la vigne, s'accrochant aux bourgeons veloutés, embrassant de leurs petits bras les grappes, se laissant glisser le long des sarments verts, et couvrant de mets cuits à point une table où j'étais assis.

Sur cette table il y avait de tout. Ah ! mes amis, rien que d'y penser, l'eau m'en vient... Ciel ! qu'allai-je dire ? Non, rien que d'y penser, le remords m'en vient au cœur : quatre jambons, deux gros, deux petits ; quatre pieds truffés ; une seule hure, mais si bien nourrie de pistaches ; des rillettes ; des galantines rougissantes sous leur calotte d'ambre tremblotant ; des andouillettes délicates, des saucisses entortillées, des boudins noirs comme l'enfer ; puis les rôtis, les hachis, les sauces ! Moi, cependant, la bouche ouverte, les narines dilatées, j'admirais que sous les soies d'un humble animal eussent pu mûrir tant de choses savoureuses, et je m'attendrissais au souvenir de Barrabas.

— Mais en mangeâtes-vous, grand saint-Antoine ?

— Presque, mes amis, j'en mangeai presque ! Déjà je piquais ma fourchette dans la peau croquante d'un boudin qu'un diable fort poli me présentait. La fourchette entra, le diable sourit : « *Vade retro, vade!...* » m'écriai-je. Je venais de reconnaître le sourire de l'infernal petit porteballe, cause de toutes mes tentations, qui, deux mois auparavant, m'avait offert une broche à acheter. « *Vade, Satanas, vade retro !* »

La vision s'évanouit ; le petit jour luisait, mon feu achevait de s'éteindre, Barrabas, aimable et bien portant, se secouait en faisant sonner sa sonnette ; et, au lieu de la ronde de diables blancs, des flocons de neige gros comme le poing, pénétrant par la porte et le volet qu'avait renversés la tempête, tourbillonnaient dans le vent glacé.

— Et après ? dirent les enfants affriandés par un si beau conte.

— Après, repentant et le cœur un peu gros, je partageai avec Barrabas mon repas de racines, et depuis, jamais plus les diables ne sont venus troubler notre réveillon.

LE POT DE MIEL

A THÉODORE DE BANVILLE

Il ne s'agit pas, cher maître, de celui que le Chaperon-Rouge portait pour Mère-Grand le jour que le loup le rencontra, mais d'un autre pot de miel en grossière terre de chez nous, vernissé à l'intérieur et s'agrémentant sur les bords de quelques coulures d'émail, modeste amphore paysanne qui a dû vous parvenir par colis postal ces jours derniers, dans un emballage de marjolaines nouvelles dont le parfum montagnard — si pénétrant soit-il lorsque la plante est cueillie verte, — aurait peine à lutter avec le parfum du miel lui-même.

2

Solide et grenu, et comparable — sauf la couleur — au Falerne que les vieux Romains coupaient par tranches avant de les dissoudre dans la neige, solide à ne pas fondre par les plus chauds étés, grenu à craquer sous la dent, ce miel tellement doux que sa violente douceur a des sensations de brûlure, vous aura sans doute rappelé le classique miel de l'Hymette que les épiciers grecs de la rue de la Darse, à Marseille, vendent, ô sacrilège ! dans de vulgaires boîtes de fer blanc.

Or, je veux vous révéler, car il y a toujours une raison aux choses, pourquoi le miel en question ne ressemble à aucun autre miel, et pourquoi il s'en est échappé, quand on a soulevé le couvercle, un vol de visions idylliques qui, tout de suite d'ailleurs, se sont trouvées comme chez elles dans votre maison à la fois Parisienne et Grecque, cachée dans la tranquillité des vieux ormes de la vieille rue du Jardinet.

La raison, cher maître, la voici :

Ce miel, tel que Rothschild n'en aura jamais sur sa table, cette savoureuse ambroisie faite du suc de toutes fleurs, cet or fluide et divinement sucré qu'il faudrait payer au poids du vrai or, n'était pas, comme vous avez pu le croire, un cadeau de moi, mais un cadeau que vous faisaient, et d'elles-mêmes, les abeilles.

Ce miel ne m'avait rien coûté, ou si peu que c'est presque rien...

Mais il vaut mieux simplement vous en raconter l'histoire qui, bien que d'hier et arrivée en France, nous ramène à la simplicité de ces âges primitifs où, sur la terre pure encore, sans ambition, sans besoins, heureux et bons comme des Dieux, les hommes vivaient en communauté avec la nature.

Un jour, tante Annette me dit :

« — Voici que la saison approche ; si tu veux, un de ces matins, nous monterons au Mas des Truphème.

— Pourquoi faire ?

— Pour renouveler notre provision de miel. Autrefois, dès les premiers beaux jours, la femme nous l'apportait ; mais, maintenant, elle est trop vieille.

— Et, est-ce loin, le Mas des Truphème ?

— Non, deux petites lieues, à mi-hauteur de Lure. »

Deux petites lieues en montée — et l'on sait combien ces petites lieues s'allongent une fois parti ! — il y avait certes là de quoi faire réfléchir un Parisien. Mais on se souvient d'avoir été montagnard, et quelle belle occasion de renouveler connaissance avec la montagne, à travers les mille changements qui, des oliviers dont le feuillage déjà s'argente, et des amandiers prématurément fleuris, vous conduisent, par d'imperceptibles transitions, aux pentes ombragées de frênes, aux fourrés de grands buis glacés, aux rases étendues de lavandes, et aux sommets que seule égaie la verdure immobile des genévriers.

J'acceptai donc la promenade.

Le lit d'un torrent sert de chemin ; puis c'est un chemin pierreux fort semblable au lit du torrent, un chemin qui n'en finit pas de se tordre aux flancs de la côte abrupte où s'effrite sous le soleil le schiste des *lavines* ordinairement bleues, mais mouillées et noires ce matin, — car il a plu toute la nuit, — noires d'un velours rayé çà et là par le luisant ruban de sources subitement jaillies.

Et tout le temps je me disais :

— « Certes, la route est pittoresque, mais quelle singulière idée a la tante d'aller chercher son miel si haut ! »

Nous arrivons sous un revers abrité avec quelques traces de culture, un bout de pré, une chenevière : oasis cachée comme en défrichaient jadis, dans ces endroits perdus, les paysans, alors que le seigneur gardait pour lui seul les grasses terres des vallées ; et que peu à peu l'on abandonne depuis les ventes de la Révolution et le parcellement des grands domaines.

Au milieu, le Mas des Truphème, bizarre bâtisse en cailloux roulés, sans crépi, avec un cordon de grès rouge dessinant l'angle des murs, le cadre des étroites fenêtres, et l'arc surbaissé de la porte.

A côté du Mas, une fontaine de deux canons dont l'eau tombe à grand bruit dans un réservoir qui déborde ; et derrière, s'étageant sur un bloc calcaire naturellement coupé en gradins, une centaine de ruches, — troncs d'arbre creux que recouvre une tuile — tout autour desquelles, bourdonnant dans le soleil, tourbillonnent des vols d'abeilles, innombrables, mouvantes et pressées comme les flocons d'une neige d'or.

La vieille, qu'une poule suivait, s'avança timide et prudente :

— Vous m'avez fait presque peur : je vous prenais pour un huissier... Heureusement, j'ai reconnu mademoiselle.

— Vous avez donc quelque procès ?

— Non ; mais on n'est jamais sûr quand on est pauvre.

— Comment ? Pauvre ! avec toutes ces ruches...

— Ah ! mon pauvre monsieur, si vous saviez, cela rend si peu ! »

En effet, la pauvreté, une pauvreté décente, se lisait d'un coup d'œil à tous les coins de l'humble logis.

La vieille nous servit sur un bout de nappe très blanche une collation de pain bis, de noix et d'eau

claire, puis on fit marché pour un certain nombre
de pots de miel qu'un homme qui travaillait plus
haut dans le bois nous apporterait au prochain
samedi, en allant vendre ses fagots à la ville.

Les pots pesés, l'argent compté, tante Annette
tira quelques menus présents d'un panier dont le
contenu m'intriguait.

— « Tenez ! voici pour vous une capeline de
laine, et un couteau à plusieurs lames pour votre
cadet qui s'est mis berger. »

Un reflet humide et fugitif — c'est ainsi qu'on
pleure à soixante et dix ans — brilla dans les yeux
de la vieille qui tournait, retournait le couteau,
et, de ses mains ridées, palpait lentement la chaude
étoffe. Elle hésitait pourtant, avec une enfantine
envie d'accepter.

— « Vous êtes de braves gens !... la capeline
me tiendrait chaud cet hiver, et Cadet serait
bien heureux... Mais j'aurais trop peur que les
abeilles...

— Prenez, mais prenez donc ! Les abeilles n'ont
rien à voir là-dedans... C'est en dehors du prix du
miel, c'est pour votre pain et vos noix. »

Nous étions déjà au bout du champ, et la vieille
répétait encore :

— « Pour le pain et les noix ; c'est bien cela !
sans quoi les abeilles se seraient dépitées. »

Quand elle nous eut quittés :

— « Voilà bien du mystère pour l'achat de quelques malheureux pots de miel ! M'expliquerez-vous, tante Annette, ce que veut dire cette vieille avec son histoire d'abeilles qu'on dépite ?...

— Comment ! tu ne sais pas ?... Mais c'est la croyance du pays... Les abeilles, tout le monde ici te l'apprendra, possèdent le don de sagesse et ont l'argent et l'avarice en grande horreur. Elles veulent bien servir l'homme, mais non pas en être exploitées. Aussi ne permettent-elles pas qu'on change le prix de leur miel qui doit rester toujours le même, tel qu'il fut fixé dans l'ancien temps. Et si quelqu'un, par désir de trop gagner, se hasardait à l'augmenter, ne fût-ce que d'un sou, alors ce ne serait pas long, et les abeilles essaimeraient au loin, laissant l'avare seul à se lamenter devant ses ruches vides. »

N'est ce pas, mon cher maître, que voilà une superstition touchante et une admirable leçon ? non pas seulement pour les épiciers qui, sans craindre de voir les pots sophistiqués s'envoler en brisant les glaces des devantures, continueront, hélas, jusqu'à la fin des siècles, à mélanger la glucose au miel ; mais pour toute l'humanité. Car au milieu des honteux marchandages où on les prostitue, dans le bruit d'écus remués dont on ne cesse de les assourdir, il est à craindre que les derniers dieux consolateurs qui nous restent, c'est-à-dire l'Art et l'Amour, secouent leurs ailes un beau soir, et remontent droit vers le ciel, indignés, comme les abeilles !

———

NOEL RÉTROSPECTIF

J'ai fait mon Noël, je l'avoue, un Noël qui aurait pu s'appeler *Christmas*. On avait, Dieu me damne, mangé le pudding en famille ; sur toutes les tables luisaient, flamblants neufs, des volumes petits et grands d'un bariolage correctement britannique ; à l'angle de toutes les cheminées, égratignant l'émail des potiches, se hérissaient des bouquets de houx ; à toutes les portes, à tous les lustres, pendaient des branchettes de gui au dur feuillage parasite piqué de fruits transparents et blancs pareils à des perles de glace, et chaque fois qu'un couple passait sous le gui, le cavalier avait le droit d'embrasser sa danseuse... Encore une coutume d'outre-Manche, à ce que m'a expliqué un savant.

La coutume est certes galante, je ne saurais y contredire. Cependant un arrière-fond de patriotisme proteste en moi contre cette invasion des

mœurs étrangères. Et puisque les fortunés du
jour veulent essayer, non sans raison, d'intro-
duire un peu de pittoresque dans la vie, ils feraient
mieux d'en revenir tout simplement à notre
vieille France provinciale qui elle aussi a ses
vieux et touchants usages dont la tradition vacil-
lante déjà risque de s'éteindre si l'on n'y prend
garde.

Je ruminais ces choses l'autre après-minuit
dans la cohue des groupes — les mêmes souvent
— qui sortaient recueillis du porche sombre et
bas d'une église, ou se pressaient turbulents et
joyeux aux devantures des restaurants éblouis-
santes de gaz, croulantes sous l'entassement des
victuailles ; et, la mélancolie de l'heure aidant,
je revoyais d'autres Noëls, loin de Paris, là-bas,
au village.

Au village, bien à l'avance, Noël s'annonce par
toutes sortes de signes et de pronostics que chacun
comprend sans avoir besoin d'être astrologue. Le
porc déjà gras sous son toit vit entouré de soins
gastronomiquement affectueux ; tel aux Iles de la
Société, un parent dont on attendrait le succulent
héritage. Dès les premières gelées, sur la route
sonore et blanche, ont commencé à défiler, venant
on ne sait d'où, d'innombrables troupeaux de
dindes. Chaque ménage achète la sienne qu'on
nourrira dans un coin de la basse-cour et qui,

gavée de son et de noix, avec ses colères stupides, sa roue bruyamment étalée, le bizarre ornement qui se trimbale autour de son bec, apparaît aux yeux des enfants comme un grand ciseau fantastique.

A la Sainte-Barbe, vingt-un jours avant la Noël, dans trois assiettes choisies parmi les plus belles du dressoir, on a étalé quelques grains de blé, lesquels arrosés soigneusement et tenus au chaud dans le coin de la cheminée, ne tardent pas à germer sans terre ni soleil, ce qui nous semblait un miracle. Ces trois assiettes, minuscules champs de blé vert, symbolisant le printemps et les espérances de l'année nouvelle, sont destinées à figurer — avéc les trois lumières dont la flamme, selon le côté où elle s'incline, désigne celui qui doit mourir — sur la table du grand repas, entre le nougat familial et le pain de Calende qu'une main prudente va découper, la part des pauvres réservée en autant de morceaux qu'il y a de convives.

Cependant peu à peu le blé monte, et, d'abord blanc et pâle, peu à peu se colore de vert. Les jours passent, le moment approche, il s'agit de préparer la fête.

Un matin, le valet s'en est allé au bois; il a rapporté mystérieusement la maîtresse bûche depuis longtemps choisie, et qui posée sur les landiers par l'aïeul et le plus jeune enfant de la maison, arrosée de vin pur en souvenir des libations antiques, prendra feu soudain et s'enveloppera, ainsi que d'une vibrante broderie d'or, des mille étincelles de toutes ses mousses enflammées, pendant que les assistants chanteront : « Allègre, allègre, Noël nous rende allègres ! »

Maintenant, Noël peut venir ; il n'y a plus guère qu'à s'occuper de la crèche !

— Pour les enfants, la crèche c'est la grande affaire. Dans les villes, rien de plus facile ; les crèches s'y trouvent, ou peu s'en faut, toutes confectionnées. Si bien qu'à ce moment Marseille, le long de son cours Belzunce comme Paris le long de ses boulevards, étale une double rangée de baraques où, au lieu de jouets et d'objets d'étrennes, on vendra des feuillages, des mousses vertes, des montagnes en cartonnage, du papier d'or pour les étoiles, du papier gros bleu pour le ciel, et de petites figurines moulées reluisantes du vernis de leurs couleurs neuves.

Dans les villages, c'est autre chose ! Chaque famille possède bien au fond d'une armoire sa collection de *santons*, — représentation naïve des personnages de nos vieux Noëls — renouvelés un peu tous les ans et dont certains remontent parfois à un siècle ; mais pour le reste, il faut s'ingénier.

On s'en va donc à la montagne, — vous voyez

d'ici quelle joie ! cherchant des plantes, des lichens, des cailloux bossus et moussus, des écorces curieusement contournées, tous les éléments et les reliefs d'un paysage compliqué, assez pareil aux fonds que Léonard de Vinci, à l'imitation des Primitifs, a mis derrière sa Joconde, et qui, avec des ponts, des torrents, des pics déchiquetés, du haut desquels Don César pourrait dans le lointain *contempler ton azur, ô Méditeranée !* (car c'est au Don César de *Ruy-Blas* et non, comme je me l'étais imaginé, sous l'influence d'un abcès de stupeur académico-cérébrale, au Scapin des *Fourberies de Nerine* qu'appartient cet admirable vers) des vallées profondes, des cavernes de brigands, des chapelles d'ermite, des fermes, des châteaux, des villages, le tout savamment saupoudré d'une couche de farine pour imiter la neige, a la prétention de figurer je ne sais quelle chimérique Palestine. A travers tout cela circule et grimpe, en retour de foire, poussant des mulets, des moutons, des chèvres, une population de villageois et de bergers. Et c'est, dans un sentiment d'ingénu réalisme, tout le drame rêvé du voyage à Bethléem, depuis le paysan incrédule et grognon que ses voisins réveillent pour lui apprendre la grande nouvelle, jusqu'à l'arrivée devant l'étable, et les humbles présents offerts à l'Enfant-Dieu qui, demi-nu, grelotte entre le bœuf et l'âne.

Ici d'ailleurs, comme dans la *Pastorale* qui n'est qu'une crèche animée et mise en action, la Nativité tient peu de place et ne sert guère que de prétexte. L'important, c'est l'odyssée tragi-comique, relevée d'allusions et de gauloiseries, d'une bande de paysans voyageant en pays inconnu au milieu d'aventures telles que Labiche aurait pu s'en inspirer pour son *Monsieur Perrichon* et Verne pour son *Tour du monde en quatre-vingts jours*.

Car en Provence, on joue toujours la Pastorale, dernier spécimen des Mystères, mais hélas une Pastorale sacrilègement décapitée. Jadis *Pistachié* en était le protagoniste, Pistachié : un polichinelle proche parent de Karagouz. Et il fallait entendre Pistachié, monté sur son âne, égayer de lazzis improvisés, dans ce marseillais du quartier Saint-Jean, qui, mieux que le latin, brave l'honnêteté, les situations les plus dramatiques. Hélas, vers la fin de l'Empire, un prélat ennemi du pittoresque obtint la suppression de Pistachié. Le bourriquot suit encore la caravane, gambadant et pétaradant, et poussant un braiement sonore, braiement d'orgueil et d'allégresse, quand il voit un âne, un confrère près du berceau où dort Jésus. Mais Pistachié n'a pas reparu, même depuis la République, et la France a perdu en lui un masque traditionnel, que pouvait nous envier l'Italie.

La Pastorale et Pistachié nous ont fait oublier la crèche qui se trouve incomplète encore, car les Rois n'arriveront que dans douze jours. Mais n'est-ce pas qu'elle est touchante cette religion populaire où le prêtre n'apparaît point ? Au fond, ce que le peuple voit dans l'enfant nu souffrant de la faim et du froid, c'est lui-même. Le laissera-t-on abandonné ? Les pauvres, les bergers, sont venus les premiers ; ils ont fait tout ce qu'ils ont pu, mais leur bonne volonté ne saurait suffire. C'est au tour des Mages, maintenant, des riches, des puissants, des philosophes ! Ils sont en marche derrière l'étoile, Melchior avec Balthazar, et le bon nègre au manteau rouge. Apporteront-ils dans leur ciboire d'or de quoi guérir l'humaine misère ? Voilà des mille ans que le monde espère, et le vrai Noël ne vient pas ; et toujours le bœuf souffle et toujours l'âne souffle, épuisant inutilement, sans rien réchauffer, le brouillard de leur tiède haleine ; et toujours le mortel vent d'hiver fait rage dans l'étable sans portes où la neige tombe par les trous du toit !

LE BON GUI

Le vent ayant soufflé longtemps, les chemins des bois, quand vint le matin, se trouvèrent jonchés de branches mortes, et aussi, par endroits, de brins de gui arrachés à ces boules d'épaisses verdures qui apparaissent en automne, au sommet des arbres sans feuilles, tout pareils à des nids de pie.

Deux femmes étaient dans le bois : l'une vieille, si vieille que la peau crevassée de son visage et de ses mains semblait rude comme une écorce ; l'autre jeune et si belle que rien en cette saison ne pouvait donner l'idée d'une telle beauté, puisqu'il n'y avait plus dans l'herbe transie ni muguets, dont la blancheur se comparât à celle de son teint, ni pervenches couleur de ses yeux.

3

La vieille faisait un fagot pour chauffer sa cabane et cuire son dîner.

La jeune, en manière de distraction, ramassait et nouait d'un ruban le gui qui était par terre.

Donc, il arriva que, l'une musant, l'autre fagotant, toutes les deux se rencontrèrent juste au carrefour des Ermites, près du grand bloc de grès, au milieu duquel, à la place d'une croix tombée, on voit maintenant un trou toujours rempli d'eau où les oisillons viennent boire.

— Pour du beau gui, v'là du bien beau gui, s'écria la vieille. Eh ! donc, seigneur mon Dieu ! qu'allez-vous donc faire de tout ce gui ?

La jeune hésitait à répondre ; car, avec ses haillons, son regard malin, la vieille au fagot lui avait tout d'abord fait l'effet de quelque sorcière. Mais ces haillons étaient si propres, et à cette malice se mêlait visiblement tant de bonté, qu'ayant pris confiance :

— Voici, dit-elle, ce dont il s'agit. Je suis Guillaumette, la fille de maître Guillaume qui a sa ferme là-bas, par delà le pont quand on va au village, à l'endroit où la route tourne...

— Riche maison, da ! riche et bénie : quiconque est pauvre la connaît, depuis le temps qu'on y fait l'aumône.

— Or, écoutez, ma bonne vieille, et, puisque l'occasion s'en trouve, ne me refusez pas un conseil... Il y a quelqu'un que j'aime et qui m'a promis mariage. Lui m'aime bien aussi ; pourtant il ne se presse guère. Alors, ce matin, voya.t sur l'herbe et sur la mousse tant de beau gui à l'abandon, l'idée m'est venue d'en nouer un bouquet que, le soir de Noël, sans que personne en sache rien, je suspendrai à notre porte. Comme mon fiancé doit être de la fête et me conduire à la messe de minuit, nous passerons dessous ensemble. Quand on passe ensemble sous le gui, vous savez que l'amour se double et qu'on se marie dans l'année.

--- Je sais, je sais, marmotait la vieille ; mais nous ne sommes pas à Noël, il s'en manque de deux bons mois.

— Qu'importe ? J'aurai provision faite. Le gui se garde pendant des années, d'ici à deux mois il ne flétrira point.

La vieille s'était mise à rire :

— Pour du beau gui, v'là du bien beau gui, bien fleuri, bien branchu, la feuille épaisse, rousse comme l'or... Seulement peut-être un peu jeunet ! Ses graines sont vertes encore... Faut pas cueillir le gui trop tôt, ni prendre celui que le vent casse... Pour que le gui soit bon et porte chance aux amoureux, il doit avoir subi l'hiver, enduré froidure et gelée, et tenir à l'arbre si fort qu'en l'arrachant l'écorce vienne... La jeunesse ne le croit point !

N'empêche qu'il y a gui et gui, comme il y a amour et amour.

Guillaumette était déjà loin, mais la vieille répétait quand même, tout en rechargeant son fagot :

— Pour du beau gui, v'là du beau gui ! N'empêche qu'il y a gui et gui.

L'année suivante, au même endroit, près de la croix tombée du carrefour des Ermites, la vieille chercheuse de bois mort et Guillaumette se rencontrèrent encore.

Ce n'était plus, comme l'autre fois, en automne, mais la veille même de Noël.

L'herbe gelée craquait sous le pied, du givre luisant pendait aux arbres, et de gros tas de neige restaient sur le bord des chemins aux endroits où le soleil manque.

La vieille, peut-être à cause de la neige, n'avait pas fagoté ce jour-là. Sa serpe à la main, elle rapportait, non sans peine, un grand faix de gui frais cueilli. Elle reconnut Guillaumette et s'aperçut qu'elle pleurait.

— Eh ! donc, fillette, essuyons ces yeux ! Ce serait péché que de les fondre.

— Hélas ! ma bonne vieille, quoique cela ne serve pas à grand'chose, je vais vous conter mon chagrin.

L'an dernier, s'il vous en souvient, j'avais suspendu le gui à notre porte, pour qu'en passant dessous avec mon amoureux, son amour se doublât et le décidât au mariage.

Tout, d'abord, sembla réussir. A peine le pied sur le seuil, il aperçoit le gui et m'embrasse ; puis, la messe de minuit entendue, avant que l'on se mette à table, il prend mon père dans un coin et fait demande de ma main...

— Attendons la fin, Guillaumette !

— Les bans allaient être publiés. On avait déjà retenu les ménétriers, pour la noce. Mais c'était là trop de bonheur ! Une nuit, la rivière déborda, noyant les labours, les prairies, ruinant aux trois quarts notre ferme, et nous laissant désespérés.

— Alors ?...

— Alors, répondit Guillaumette qui mouillait son tablier de larmes, alors, me voyant pauvre, mon fiancé est parti ; et, bien qu'on l'ait cherché partout, nous n'en avons plus eu de nouvelles.

— Je vous avais prévenue, Guillaumette : faut pas se fier au gui jeunet !... Et puis les hommes c'est si traître !... De sorte que vous l'aimez toujours ?

— Non, certes !

— Pourtant vous pleurez.

— Je pleure mon affront, mais on n'aime que qui vous aime.

— Dans ce cas, fit la vieille en riant, méfions-nous, belle Guillaumette ! Je sais quelqu'un...

— Quelqu'un ?

— Oui ! quelqu'un — pour vieille qu'on soit on a de bons yeux — quelqu'un qui depuis longtemps vous aime, bien que vous n'ayez guère jamais daigné y prendre garde, et qui continue à vous aimer sans s'inquiéter si votre dot s'en est allée à la rivière.

Le fils du voisin, — pourquoi donc rougir, Guillaumette ? — ne doit-il pas ce soir faire la Noël chez vous ? Tâchez, pour voir si le cœur vous en dit, que ce soit lui le galant qui, à minuit, vous mène à la messe.

— Alors, soupirait Guillaumette, pour le cas où le cœur m'en dirait, peut-être feriez-vous bien de me vendre un brin ou deux de votre gui ?

— Les voilà, ma belle : roux comme l'or, avec des grains en chapelet plus clairs et plus blancs que des perles blanches... Du beau gui bien net, bien franc, qui ne trompe pas. Car, voyez-vous, ce gui-là a subi l'hiver, enduré froidure et gelée, et n'est pas tombé au premier vent... Mais gardez vos sous, Guillaumette : mon gui, aujourd'hui, n'est pas à vendre ; il appartient au fils du voisin qui, dès hier, me l'a retenu.

Et, railleuse, tout en détachant deux brins choisis, la bonne vieille murmurait :

— Je vous l'avais dit, Guillaumette ; il y a gui et gui, comme il y a amour et amour !

L'ÉVANGILE

SELON SAINT PERRAULT

———

— Alors, continua Simonette, après avoir d'un geste impatient secoué de droite à gauche sa blonde tête trop lourde d'idées, alors... Mais je ne me rappelle plus à quel endroit nous en étions.

— Nous en étions au plus bel endroit, quand les trois marquis de Carabas viennent, montés sur des chameaux, visiter Petit Jésus dans sa crèche.

— C'est ça : les trois marquis de Carabas ! Seulement, il faut que je recommence.

— A ton aise, recommence, Simonette.

✠ Et tandis que Monsieur faisait sa partie avec le bon curé, que Madame lisait, et que maman nourrice s'assoupissait à écouter le feu — pour le chat et pour moi, surtout pour le chat qui, ayant quitté la place chaude dans les cendres, était venu s'asseoir sur la table et semblait approuver de son ron-ron, pour le chat et pour moi, auditeurs à l'âme ingénue, Simonette (elle aura quatre ans aux prochains lilas) recommença cette étonnante histoire où se mêlent au gré d'une enfantine imagination, l'Evangile et ma mère l'Oie, les contes bleus de la nourrice et les leçons du bon curé.

— Alors Petit Jésus avait bien froid, couché dans la crèche, sur la paille, et il serait peut-être mort sans le bœuf et l'âne qui soufflaient.

Il se trouvait bien pauvre, petit Jésus !

Mais ne voilà-t-il pas qu'un beau jour on entendit en l'air un bruit de trompettes et de musiques. C'étaient les trois marquis de Carabas qui arrivaient conduits par l'étoile. Les marquis de Carabas sont toujours très riches. Ceux-ci donnèrent à Petit Jésus un pot de beurre, une galette, toutes sortes de trésors précieux, et aussi un joli chapeau en drap rouge pour se préserver du soleil quand viendrait l'été. Et Petit Jésus disait : « Une fois grand, je distribuerai mes trésors à tout le monde, afin qu'on ne voie plus sur terre des enfants ni des vieux qui aient froid comme j'ai eu froid. »

Mais le seigneur du pays, un ogre appelé Barbe-Bleue, devint jaloux de Petit Jésus et envoya de tous côtés des méchants hommes qui le cherchaient pour le tuer. Et alors Marie avec Jo-

seph montèrent Petit Jésus sur l'âne et l'emmenè-
rent loin, bien loin, dans les montagnes de l'Egypte,
et alors...

— Et alors ?...

Ici mademoiselle Simonette hésita. Ses yeux
crispés, ses sourcils froncés témoignaient du violent travail intérieur qui se faisait dans son cerveau. Enfin, au bout de quelques secondes d'efforts, elle rit au chat, rassérénée, et reprit comme
il suit le fil de son histoire :

— Marie avec Joseph avaient laissé Mère Grand
au village, parce qu'elle était un peu vieille et
qu'elle ne savait plus marcher. Petit Jésus s'arrêta donc près d'un ruisseau et remplit ses poches
de cailloux blancs qu'il sema tout le long de la
route. Il pensait : « De cette manière je recon-
naîtrai mon chemin, et pourrai retourner embrasser Mère Grand. »

Un jour, pendant que ses parents dormaient et
que l'âne broutait attaché à un arbre, Petit Jésus
prit sur le bât le pot de beurre et la galette, mit
son chapeau rouge et partit.

Après avoir marché, marché, quand il fut arrivé
dans le bois, Petit Jésus rencontra compère le
loup, un loup tout noir qui avait des bottes ; et,
grâce à ces bottes, en courant, le loup faisait sept
lieues à chaque pas. « Où t'en vas-tu, Petit Jésus,
avec ce joli chapeau rouge ? — Je vais porter à

Mère Grand ce pot de beurre et cette galette, et j'ai pris par le bois parce qu'il y a sur la route les méchants hommes que l'ogre envoie pour me tuer. »

Le loup voulait d'abord manger Petit Jésus, mais il n'osa pas à cause d'un coupeur d'arbres qui passait par là, armé de sa hache.

Le loup demanda encore : « Et Mère Grand, demeure-t-elle bien loin ? — Oh ! oui, c'est par delà le moulin que vous voyez tout là-bas, là-bas, à la première maison du village. »

Là-dessus, le loup se remit à trotter, allongeant ses bottes de sept lieues, et Petit Jésus resta seul, bien content que le loup fût parti.

Petit Jésus, qu' avait faim, cueillit les fraises du gazon et des prunelles sur les haies. Il ne voulut toucher ni à la galette ni au pot de beurre qu'il réservait à Mère Grand.

On s'amusait beaucoup dans ce bois. C'était beau comme au fond d'un parc. De partout les oiseaux chantaient. Il y avait des fleurs, des papillons et de gros lézards brodés de perles qui remuaient les feuilles sèches.

Petit Jésus courut après les papillons et fit des bouquets avec les fleurs. Il essaya de caresser les gros lézards, mais tout de suite les gros lézards s'en sauvèrent.

Puis il vit passer le Prince Charmant vêtu d'un habit couleur de soleil, et Peau d'âne vêtue de sa

robe couleur de lune. Il rencontra aussi des fées
en train de fagoter leur faix de branches mortes ;
et il joua longtemps, longtemps, avec les sept
enfants que le bûcheron et la bûcheronne venaient perdre. Alors Petit Jésus, non, le Petit
Poucet...

— Voyons, Simonette, tu t'embrouilles.

— Je ne m'embrouille point, répondit Simonette. Même que Petit Jésus, à force de jouer ainsi,
avait fini par oublier Mère Grand.

Quand il y pensa, la nuit tombait et tout était
déjà bien noir, près du moulin, en passant du pont
de l'écluse.

Petit Jésus se pressait, mais le loup avait couru
plus vite. Le loup était déjà à la maison, couché
dans le lit de Mère Grand. « Toc, toc. — Qui est
là ? — C'est moi, Petit Jésus, que des méchants
hommes voulaient tuer et qui vous apporte
d'Egypte, de la part des trois marquis de Carabas,
une galette et un pot de beurre. — Tire la chevillette, et la bobinette... »

Simonette n'acheva pas. Comme il arrive aux
enfants dont la pensée travaille trop, Simonette,
peu à peu, s'était ensommeillée en écoutant son
propre conte.

Elle reprit pourtant, les yeux fermés déjà, mais
continuant à parler dans un demi-rêve: — « Tire
la bobinette, et la chevillette cherra ». C'étaient

maintenant des lambeaux de phrases entrecoupées de longs silences : « Mets la galette sur la huche et viens te coucher avec moi... » Petit Jésus se déshabille... « Ma Mère Grand, que vous avez de grands yeux ! — C'est pour mieux voir, mon enfant. — Ma Mère Grand, que vous avez de grandes dents ! — C'est pour te manger. » Et alors, et alors le loup se jeta sur Petit Jésus...

« — Que jabote cette gamine ? s'écria le curé qui venait de perdre, elle est en train, je crois, de mêler l'histoire du Sauveur à celle du Chaperon Rouge !

— Et alors, répétait bravement Simonette, le loup se jeta sur Petit Jésus et le mangea. »

Puis elle s'endormit, les poings fermés, tandis que le chat d'un bond silencieux regagnait son gîte dans les cendres.

Et moi, je disais au bon curé :

« Les enfants y voient clair parfois et prophétisent à leur manière. Êtes-vous sûr, au fond, que le loup n'ait pas mangé Jésus ? Jésus apportait la paix sur terre, et plus que jamais on se bat. Jésus voulait supprimer la misère, et toujours la misère règne ! Simonette a raison, monsieur le curé, et le loup mangea Petit Jésus, ce qui explique bien des choses. »

LES PAQUES DE SYLVANIE

Mon oncle, curé des Trois-Tours, chez qui on m'avait mis pour apprendre un peu de latin, me dit ce soir-là :

— Écoute, Jacques, demain tu me serviras la messe à la première heure, et puis nous monterons, avec le bon Dieu, jusqu'à Météline. Nous voici au jeudi d'après Pâques; il ne faut pas que la semaine se passe sans que le vieil Homobon ait communié.

Ce vieil Homobon de Météline était un homme à la mode des anciens temps qui m'avait toujours inspiré un grand respect lorsqu'il descendait au village, les jours de foire ou les dimanches, avec son costume tout de cadis blanc; ses hautes gué-

tres se bouclant aux genoux; sa culotte à pont
fermée par un bouton en buis de la grosseur d'une
belle noix; son habit à la française sur le collet
duquel frétillait, nouée d'un ruban, une queue; et
son énorme chapeau monté, pareil, sauf les galons,
à celui des gendarmes.

Mais depuis bientôt quatre ans, à cause des
mauvais chemins et de son grand âge, le vieil
Homobon ne descendait plus; et depuis quatre
ans, pendant la semaine pascale, mon oncle allait
dans la montagne porter la communion au doyen
de ses paroissiens.

Le discours de l'abbé me fit grand plaisir. Porter
ainsi, par ces premiers jours de printemps, la
communion dans la montagne constituait pour
moi la meilleure des écoles buissonnières : une
école buissonnière sans inquiétude ni remords.

La montée n'était pas bien gaie; il y a toujours
un peu de gêne quand on a le bon Dieu avec soi,
enfermé dans une petite boîte. Défense absolue
de causer. Mon oncle marmottait des paroles
latines, et moi, tant bien que mal j'anonnais les
repons, regardant à droite et à gauche, oubliant
de faire tinter ma sonnette quand nous rencon-
trions des paysans, et m'attardant à toutes sortes
de distractions coupables provoquées par un
buisson sur lequel des chardonnerets s'abattent,
un mur de pierres sèches où des lézards courent,

une pente de gazon où il serait doux de se rouler.

Mais je prenais patience et me consolais des ennuis de la montée en songeant aux délices de la descente. Car, voici quelle était la deuxième partie du programme : nos affaires faites à Métélines, aussitôt le vieil Homobon confessé et communié, aussitôt le petit ciboire portatif, vide désormais, disparu avec sa boîte dans les profondeurs de la soutane, sans soucis jusqu'au soir et libres comme l'air, nous dégringolions par des sentiers connus l'autre versant de la montagne jusqu'au village de Saint-Trinit dont le recteur, prévenu la veille, nous attendait.

Mon oncle, toujours un peu morose, semblait soudain se détendre et rajeunir à l'idée d'aller revoir un ami de trente ans, un compagnon de séminaire. Il courait avec moi, riait, partageant mes enthousiasmes d'enfant pour un caillou de forme bizarre, une plante curieusement fleurie, un papillon aux couleurs vives, un insecte luisant comme l'acier.

Et quelle joie quand, sur le midi, l'estomac creusé par l'air apéritif de la montagne, nous apercevions le clocher de Saint-Trinit, l'église neuve au milieu d'une cinquantaine de maisonnettes à toits gris comme une mère-poule au milieu de sa poussinée, et, barrant la route de sa bedaine, l'ami de mon oncle, le joyeux recteur

Bienteveux qui, du plus loin qu'il pût nous apercevoir, s'écriait :

— Arrivez, traînards! tout est brûlé; on va être obligé de vous envoyer casser une croûte à l'auberge.

Mais rien n'était brûlé; et maintenant encore l'image de Saint-Trinit n'apparaît à mon souvenir qu'à travers les appétissantes fumées d'un morceau d'agneau croustillant et doré au four, d'un arrière-train de chevreau en blanquette, d'un plat de morilles qu'avant tout le monde M. Bienteveux savait découvrir dans les allées de vigne non encore piochées ou de quelque truite à chair rose pêchée du matin en notre honneur.

Nous voilà donc, mon oncle et moi, sur le chemin de Météline. Mon oncle grave, tout à ses fonctions sacerdotales, et moi rêvant aux morilles de M. Bienteveux, pendant que, de minute en minute, le ciel matinal s'éclairait, et que le soleil invisible encore à l'Orient mais déjà près de dépasser la crête qui le cache, pour s'épandre soudain sur les vallées comme une large nappe d'or, baignait de ses premiers rayons la cime rose des montagnes.

De temps en temps, essoufflés, nous nous arrêtions. Mon oncle, respectueusement, déposait le bon Dieu sur l'herbe, dans sa boîte, ne se scandalisant pas si des bestioles y grimpaient.

Cette ferme de Mételine se trouvait décidément perchée par trop haut, à mi-chemin du paradis comme disait mon oncle.

Partis avec le jour, il pouvait bien être dix heures quand nous arrivâmes. Dès que j'aperçus le corps de bâtiment, je me mis à faire tinter ma sonnette. Un chien aboya, des poules s'effarèrent, le taureau, toujours enfermé, secoua sa chaîne dans l'étable, mais les portes restèrent closes, et personne ne se présenta pour nous recevoir.

Un peu étonnés nous avancions quand même, lorsque tout à coup je m'écriai :

— Mon oncle, mon oncle, il y a un mort. — Comment? un mort! — Il y a un mort dans la maison. Voyez! les abeilles ont le crêpe.

En effet, la demi-douzaine de ruches alignées le long du rocher, troncs d'arbres creux que recouvre une pierre plate, portaient chacune un chiffon noir.

Mon oncle dit, ému : — Le vieil Homobon serait-il mort?

Le vieil Homobon était mort. Une voisine le gardait. Son petit-fils, qui venait de partir pour les Trois-Tours, avait dû nous manquer en voulant prendre le raccourci. Sur quoi mon oncle décida que l'enterrement aurait lieu le surlendemain et fit les prières.

Où étaient Saint-Trinit, M. Bienteveux, son déjeuner? La journée s'annonçait funèbre.

Une fois hors de la maison, j'interrogeai mon oncle du regard. — Que veux-tu, me répondit-il, devinant sans doute ma pensée, que veux-tu? Jacques! M. Bienteveux, aujourd'hui, se passera de notre compagnie. Nous ne pouvons pas, pour un divertissement profane, promener tout le jour le corps du Sauveur par les chemins. Sa place est dans le tabernacle. Nous allons, au lieu de descendre à Saint-Trinit, retourner chez nous, tranquillement.

Comme les Trois-Tours maintenant me paraissaient tristes! Et comme Saint-Trinit par comparaison s'embellissait dans mes souvenirs avec ses prés fleuris de narcisses, et ce chemin à travers les prés le long duquel le bruit des eaux courantes vous accompagne. En vérité le vieil Homobon aurait bien pu attendre encore un jour ou deux avant de mourir.

Mon oncle devenait songeur, et je crois qu'au fond il partageait mes regrets : les saints eux-mêmes ont leurs faiblesses.

Nous nous étions pourtant remis en route quand, au premier détour, sous le rocher où s'alignaient les ruches, nous rencontrâmes une gardeuse de moutons qui, nous voyant passer, se signa.

— Je dis à mon oncle : — C'est Sylvanie !

— La Sylvanie des Pierre-Antoine, qui reçut la confirmation en même temps que toi, l'année dernière, et qui avait toujours la meilleure place au catéchisme ?

Mon oncle s'était arrêté. Sylvanie s'approchait, timide. Ayant souvent joué avec elle, je n'étais pas fâché de revoir Sylvanie.

Mon oncle, paternellement, la grondait. Pourquoi ne la voyait-on plus à la messe ? Pourquoi surtout n'était-elle pas descendue aux Trois-Tours pour faire ses Pâques? — J'avais bonne envie, monsieur le curé, mais les Trois-Tours c'est loin et nos maîtres ne sont pas commodes. — Bien ! Sylvanie, je leur parlerai...

Cependant, Sylvanie réclamait un service. — Est-ce que vous ne pourriez pas, monsieur le curé, avec Jacques, veiller mes bêtes un instant de peur qu'elles n'entrent dans la chenevière, pendant que j'irai jusqu'aux maisons me faire prêter un morceau de pain. Mon chien Labri a mangé la provision de ma journée. Il ne passe ici jamais personne, et je risque de rester à jeun jusqu'à ce soir. — A jeun ! Tu es donc à jeun, Sylvanie, tout à fait à jeun, disait mon oncle. — Tout à fait à jeun, monsieur le curé. — Depuis le souper d'hier, tu n'as mangé ni bu ? — Ni mangé ni bu, monsieur le curé. — Pas même bu une goutte d'eau ! Non, pas même une goutte d'eau. — Pas même cueilli, sans y faire attention, quelque prunelle, quelque mûre le long des haies!...

Ici, la Sylvanie se mit à rire : — Il y a beau temps, monsieur le curé, que les becs-fins ont picoré les dernières prunelles, et vous savez bien que les mûres ne rougissent guère au mois d'avril.

Mon oncle alors interrogea Sylvanie sur le catéchisme et parut ravi de constater qu'elle se le rappelait à merveille : — Parfait ! parfait !... Puis il ajouta : — C'est la Providence qui le veut, les voies de Dieu sont mystérieuses !

Par hasard, la Providence voulait-elle nous faire déjeuner chez l'abbé Bienteveux ce jour-là ? Je commençai à le soupçonner vaguement quand mon oncle me dit : — Eloigne-toi un peu, Jacques, je vais confesser Sylvanie.

La confession fut courte et l'absolution tôt donnée. La pauvre Sylvanie n'avait pas des péchés bien lourds. — Et maintenant, mon enfant, que vous voilà en état de grâce, après avoir remercié le Seigneur qui, par une faveur spéciale, a daigné venir à vous, tandis que vous n'alliez pas à lui, apprêtez-vous à recevoir dignement la divine Eucharistie.

Il y avait là tout près une manière d'oratoire sur les marches duquel Sylvanie s'agenouilla. Sylvanie, rose d'émotion, baissait les yeux et pleurait. Mon oncle priait à voix basse. L'hostie brillait entre ses doigts dans un rayon de vif soleil. Des oiseaux innombrables s'étaient mis à chanter. Une odeur plus pénétrante que l'encens montait des herbes attiédies. J'avais envie de pleurer moi aussi ; mais tout en pleurant je me disais :

— Pour peu que tout à l'heure on presse le pas, nous pourrons être avant midi à Saint-Trinit, où l'excellent monsieur Bienteveux nous attend avec de l'agneau rôti, des truites, des morilles.

Et, dans un élan de pieuse reconnaissance, je bénissais le ciel qui, plutôt que de nous priver d'une innocente joie, avait voulu que ma petite amie Sylvanie se trouvât ainsi sur notre route, toute prête pour faire ses Pâques à la place du vieil Homobon.

IMPRESSIONS DE SEMAINE SAINTE

J'avais fait gras un Vendredi-Saint !

Non certes par ostentation, ni bravade ; mais pourquoi m'étais-je laissé tenter, et pourquoi mon vieux païen d'oncle, avec ses habitudes de chasseur braconnier, ne trouva-t-il ce matin-là, au lieu de fromage ou d'œufs durs dans la poche de son carnier, qu'un gros bout de saucisson d'Arles.

Ce saucisson mangé ainsi en plein soleil, au bord d'une source, tandis que le flacon de vin fraîchissait, avait paru délicieux à mon appétit de la douzième année.

Maintenant, le remords était venu ; et n'osant pas, moi indigne, me mêler à la foule qui, d'église en église, allait visiter les *Paradis*, après avoir longtemps erré par les rues comme une âme en peine, j'entrai seul dans la chapelle des Pénitents où des fantômes en cagoule célébraient l'office de Ténèbres.

Ici point d'éblouissants reposoirs aux mille cierges reflétés dans l'argent et l'or des orfèvreries ; point de sépulcres ornés de fleurs avec un petit agneau couché parmi la mousse et la verdure ! Des tentures noires : un gigantesque crucifix, ses plaies avivées de vrai sang, étendu à plat sur les dalles nues ; et, au lieu des douces voix des pensionnaires et des nonnes entendues à travers les grilles, les notes funèbres du *Dies iræ*.

Puis un moine prêcha la Passion, un moine aux yeux méchants qui tout le temps ne nous parla qu'enfer et flammes éternelles. J'eus peur d'abord et j'avais envie de pleurer à l'idée d'être ainsi damné pour toujours. Pourtant cette conception d'une éternité de désespoir, ce déni de toute espérance, répugnait à mon imagination enfantine ; et malgré le *Dies iræ*, malgré le moine, voyant làhant sur la courbe bleue de la voûte semée d'étoiles un Dieu le père, en grand manteau qui, les bras étendus comme pour bénir, souriait dans sa barbe blanche, je me disais qu'au fond le moine peutêtre se trompait, et qu'avec un tel air de bonté, quels que fussent les crimes des hommes, ce Dieu ne pouvait pas rester à tout jamais implacable.

La nuit venue, j'eus un beau rêve.

Depuis des siècles et des siècles, la terre était morte et glacée, roulant à travers les espaces ses fleuves taris, ses océans vides et ses forêts sans feuilles qu'aucun soleil ne réveillait. De loin en loin, des montagnes de décombres, autrefois des villes ; et, autour de ces décombres, empiétant sur les champs débordant jusqu'à l'horizon, des cimetières obstrués de tombes blanches mais si pressées, mais si nombreuses, qu'entre Paris et Londres, sur les deux rives de la Manche, rangées en ligne, elles se regardaient.

Les étoiles aussi étaient mortes. Et, ne pouvant plus ni récompenser ni punir, il arriva que Dieu s'ennuyait.

Oui, Dieu — un Dieu tout pareil au bon vieillard à barbe blanche peint sur la voûte des Pénitents — se trouvait, comment dirai-je ? un peu à l'étroit dans l'Infini.

Si bien qu'un jour, s'adressant à saint Pierre, assez maussade et désœuvré pour sa part avec sa trousse de clefs rouillées, car personne n'entrait plus au Paradis et jamais on n'en ouvrait les portes :

— Voyons, Pierre, c'est tous les jours la même chose ici et la vie se fait monotone. Que penserais-tu d'un petit tour de promenade ?

Pierre répondit :

— Un tour de promenade m'irait assez, histoire de dégourdir mes vieilles jambes. Mais je suppose que le Seigneur veut rire : où pourriez-vous aller, puisque vous êtes en tous lieux ?

Dieu dit :

— En effet, je suis en tous lieux.

Pierre ayant réfléchi :

— Il y a bien l'enfer où vous n'êtes pas.

— Va pour l'enfer, c'est une idée... Sans compter que depuis longtemps j'avais l'envie de vérifier un peu par moi-même comment les affaires se passent là-bas.

Et voilà le bon Dieu avec saint Pierre qui, abandonnant en cachette le Paradis plein d'anges blancs, de fleurs et de musique, prennent le chemin de l'enfer.

Des montagnes couleur de poix, des rocs soufrés, des précipices ; et çà et là, par des fissures autour desquelles arbres et buissons se crispent et se recroquevillent comme un fagot d'épines à la gueule d'un four, des langues de flammes qui montaient.

— Seigneur, la promenade n'est pas gaie.

— Pierre, il faut se contenter de ce qu'on a.

Cependant, miracle étrange, dans ces endroits maudits où, comme dit le proverbe, Dieu n'était jamais passé, même de nuit ; sur ce sol calciné, fait de craquantes pierres pierres ponces et de

cendres; derrière les deux voyageurs un peu
d'herbe fine naissait. La voûte de jaunes vapeurs
emportées dans un tourbillon s'ouvrait au-dessus
de leurs têtes en éclaircie lumineuse et bleue.

Et une fois arrivés devant le portail béant, entrée de l'enfer grand ouvert, c'est à peine si, l'es-
pace d'une seconde, ils purent entrevoir l'entonnoir rouge pareil, avec ses cercles de plus en plus
étroits de falaises flambantes et de vallées, à une
énorme rose de braise; c'est à peine s'ils purent
entendre la plainte formidable des damnés; car,
aussitôt que Dieu eut posé le pied sur le seuil, toutes les flammes s'éteignirent. Comme un lingot
qui refroidit, la rose de braise en un instant passa
du rouge blanc au rouge sombre; et, tout repre-
nant sa naturelle couleur, les fleuves de bitume
s'arrêtèrent, les cascades de métaux fondus restèrent suspendues au flanc des rochers en stalactites immobiles; tandis qu'à la tempête des hurle-
ments et des blasphèmes un long silence succédait,
puis un soupir de soulagement immense et doux,
poussé à la fois par des millions et des milliards
de poitrines.

Dieu dit:

— Je n'avais pas prévu l'effet que ma présence
en enfer produirait.

— Moi non plus ! répondit saint Pierre.

Dieu et saint Pierre marchaient toujours. Or, à

mesure qu'ils marchaient, les pentes arides se revêtaient de fraîches fleurs et de beaux arbres, avec des sources de toutes parts jaillissantes où damnés et damnées, par troupes, venaient apaiser leur longue soif. Quel bonheur, quels transports de joie! Repentants, les avares jetaient leur or; les meurtriers cachaient sous des buissons de roses leurs armes ensanglantées; les victimes d'amour, vol gémissant de colombes blessées! cessaient enfin de désespérer, connaissant l'amour véritable; et Satan, farouche sur son trône, s'étonnait de sentir fondre en son cœur son orgueil et sa vieille haine à l'approche de Celui qui est toute bonté.

Mais saint Pierre n'était pas content. Le rude pêcheur de Galilée, le gardien des clefs et du dogme, trouvait irrégulier ce répit, et condamnable cette atténuation à des tortures déclarées éternelles.

Dieu, qui sait tout, le devina :

— Pierre, à quoi songes-tu ?

— Je songe à ceci que Dieu se déjuge, et que, sans tarder, il nous faut tous les deux sortir d'ici, pour que de nouveau, à la place des sources fraîches le bitume enflammé jaillisse, pour que de nouveau le feu ronfle sous les chaudières, et que, de nouveau, et pour toujours, recommence l'expiation.

— Tu as raison, Pierre, mais il est trop tard : maintenant ces âmes ont vu Dieu, ces âmes se sont repenties.

Et, souriant dans sa grande barbe, le Père Eternel ajouta :

— Gronde-moi, Pierre, gronde-moi, j'avoue qu'en descendant ici, j'ai commis une irréparable imprudence.

Pierre insistait, et je m'aperçus à ce moment qu'il ressemblait, mais là trait pour trait, au méchant petit moine prêcheur de Passion.

— Nous allons faire un affreux scandale ! Que diront, en apprenant ce qui s'est passé, les docteurs de la Loi, les Pères de l'Eglise?

— Tu vas remonter au plus vite et les réunir tous en grand concile, les anciens et les nouveaux, ceux des Catacombes et ceux de la Rome papale, robes de bure et robes de pourpre, houlettes de bois et crosses d'or. Tu t'expliqueras avec eux. Moi, je ne puis, en conscience, sortir d'ici tant que les peines éternelles n'auront pas été abolies.

Puis, s'étant assis et bénissant, les bras étendus dans son manteau bleu, l'innombrable foule qui versait des larmes, il dit encore :

— Quiconque a vu Dieu et se repent, ne peut pas ne pas être pardonné !

Là-dessus, je me réveillai. Un vieux curé ami de la famille, à qui je racontai la chose, se fâcha

tout rouge et me prédit après ma mort, au fond
d'un enfer où Dieu ne descendrait pas, la chape
de plomb des hérésiarques. Rien n'y fit : parfait
croyant pour tout le reste, jusqu'à l'heure où
l'on ne croit plus guère, mais hélas ! hérétique sur
ce seul point, je gardai toujours une idée vague
qu'il n'y a pas de flammes éternelles, et qu'un
jour, que saint Pierre le veuille ou non, Dieu par-
donnerait, s'il lui plaît, comme dans mon rêve.

CONTE D'AUTOMNE

Rien n'est plus beau qu'un bel automne, saison justement préférée des peintres et des poètes qui l'aiment, les uns à cause des teintes pourprées dont octobre décore le front des bois ; les autres, à cause du sentiment de délicate mélancolie qu'évoque ce dernier sourire de l'année.

Mélancolie d'ailleurs sans tristesse et nuancée de vive espérance ! Car, à l'idée de la froide mort hivernale, se mêle, consolante, celle d'une prochaine résurrection, comme si derrière décembre qui s'avance sous les branches chargées de frimas, parmi les herbes flétries, déjà l'on devinait à l'horizon lointain avril inquiet et couronné de fleurs nouvelles.

Mais ceci dépend un peu de la disposition et de l'heure.

D'autres fois ce dur vent qui souffle, ces feuilles desséchées qui tombent, innombrables et vaines comme nos jours, disent au cœur sévèrement la fragilité de toutes choses.

On voulait écrire quelque conte couleur de rose, et soudain un chien qui hurle, une cloche qui tinte, le bruit des rafales courant sur la plaine, vous ramènent aux pensers tristes et vous rappellent qu'avant une semaine ce sera la Fête des Morts.

La Fête des Morts !

Voulez-vous, à ce propos, écouter une de ces incroyables mais pourtant véridiques histoires qui, en dépit de la science et de ses obstinées négations, sembleraient prouver qu'un autre monde est par delà le monde visible, et font éprouver aux plus sceptiques l'émotion du mystérieux ?

D'ailleurs, n'attendez pas de moi une opinion : je n'explique pas, je raconte.

La petite ville du Puy-Brun possédait, il y a quelques années, une vieille église classée comme monument historique, et un sonneur, Jean-Joseph Moutte, exerçant par surcroît les fonctions de sacristain.

L'église, jadis cathédrale, mais découronnée depuis la Révolution de son chapitre et de son

évèque, noire et vide, sans boiseries et sans ta-
bleaux et pour ainsi dire toute nue, paraissait immense avec ses trois nefs dessinées par deux rangées
de lourds piliers romans, son dôme où le rayon
d'un œil de bœuf mettait à peine un peu de jour,
et ses chapelles latérales surbaissées et toujours
obscures. Le sol, tout à l'entour, s'étant élevé au
cours des siècles, on descendait par un perron
intérieur de vingt marches dans cette église à
moitié souterraine, et les gens, même braves, n'y
pénétraient pas sans un frisson.

Le sonneur était un ancien soldat, nullement
superstitieux et médiocrement dévot, comme il
arrive souvent à ceux qui, sans être prêtres, vivent
de trop près dans la familiarité des choses de la
religion.

La vieille église toujours froide, toujours as-
siégée par le vent, existe encore et semble vouloir
durer ainsi jusqu'à l'heure du jugement, tant elle
fut solidement bâtie ; mais le sonneur n'existe plus,
étant mort l'an passé, à la suite des circonstances
que voici :

Pour les sonneries ordinaires, Jean-Joseph
Moutte n'avait qu'à tirer de plain-pied la longue
corde qui, passant par un trou dans la voûte d'un
des bas-côtés, vient traîner jusque sur les dalles.
Mais pour les glas de première classe, où tinte la

grosse cloche, Jean-Joseph Moutte devait monter dans le clocher.

Or, il faut savoir que, le matin du jour des Morts, à cinq heures, c'est-à-dire tandis qu'il fait encore nuit, la coutume est de sonner le glas de première classe.

Jean-Joseph Moutte, quoique ancien soldat, n'aimait pas beaucoup traverser ainsi l'église, à cinq heures du matin, tout seul, avec sa lanterne.

Il le faisait pourtant quoique ce lui fût une corvée, entrant par la porte de la sacristie dont il avait une clé, coupant de biais la grande nef, et gagnant l'étroit escalier du clocher qui s'ouvre dans le mur, à côté de la chapelle des fonts baptismaux.

Depuis longtemps, mais seulement le matin du Jour des Morts, quand il passait devant la chapelle des fonts baptismaux, Jean-Joseph Moutte croyait entendre, au fond de cette chapelle, un léger bruit de papiers remués comme si quelqu'un tournait dans l'ombre les pages d'un livre.

Jean-Joseph Moutte disait : « Ce sont les rats ! » Il disait encore : « C'est le vent qui souffle par l'angle d'un vitrail cassé. »

Mais jamais il n'y regardait, préférant rester dans le doute, ayant peur sans savoir pourquoi, de ce qu'il pourrait découvrir.

Une année pourtant la curiosité l'emporta. Sa

femme était malade, et cela le préoccupait. Comme les papiers remuaient, il poussa doucement la grille qui sépare la chapelle du chœur, et dirigeant la lumière de sa lanterne vers l'endroit d'où venait le bruit, il aperçut — grand ouvert sur le couvercle en marbre de la cuve,. noir et constellé des larmes des cierges — le grand registre des baptêmes qu'il savait devoir être fermé, puisqu'il l'avait épousseté la veille, et bouclé de son large fermoir.

Chose étrange et qui lui donna la chair de poule, devant ses yeux une feuille, deux feuilles tournèrent, comme si une main invisible les eût feuilletées, et, en tête d'une des pages, il put lire l'acte de naissance de sa femme.

Jean-Joseph Moutte ne dit rien de ceci à personne, mais tristement il pensa: ma pauvre femme est morte! et, en effet, dans les quinze jours, sa femme mourut.

A partir de ce moment, Jean-Joseph Moutte n'osa plus monter seul au clocher.

Sous prétexte que les forces lui manquaient pour mettre en branle la grosse cloche, il se faisait accompagner de deux ou trois amis, et c'était là-haut, tout en l'air, dans la gaieté du jour levant, de petites fêtes où, entre deux sonneries, histoire de reprendre haleine et de se distraire, on buvait du vin blanc en mangeant des châtaignes.

Une fois pourtant qu'on avait bu un peu plus de vin blanc qu'à l'ordinaire, Jean-Joseph Moutte ne put se retenir et raconta à ses amis ce qui se passait tous les ans à la chapelle des fonts baptismaux.

Les amis étaient incrédules, Jean-Joseph proposa de descendre,

Ils descendirent et, en effet, arrivés devant la chapelle, distinctement — c'est l'un des deux témoins qui m'a rapporté la chose — ils entendirent le bruit de papier remué.

Jean-Joseph Moutte disait :

— « Silence ! la mort fait ses comptes... »

Puis, lorsque tout bruit eut cessé, il poussa la grille et entra le premier, avec sa lanterne.

Tout à coup, Jean-Joseph Moutte poussa un grand soupir. Sa lanterne tomba et s'éteignit.

— « Moutte ! que t'arrive-t-il ? réponds nous... »

Mais Moutte ne répondait pas.

Alors, ayant trouvé des allumettes et rallumé la lanterne, ils virent le registre ouvert sur la cuve, Moutte évanoui, et son nom inscrit en haut de la page.

Jean-Joseph Moutte n'était pas mort, mais il n'en valait guère mieux. Car, depuis, m'a-t-on dit, il ne fit que languir et traîner.

Jean-Joseph Moutte n'eut pas le plaisir de goûter aux figues nouvelles, et c'est un autre sonneur qui, l'année suivante, monta dans le clocher, le matin des Morts.

LA PREMIÈRE NEIGE

A MA PETITE AMIE GEORGETTE CHARPENTIER

Le Luxembourg par un temps d'hiver. — Sur les toits du palais un tuyau de cheminée fume, et des moineaux, abrités autour, causent en regardant la neige. — C'est le matin, l'horloge marque dix heures moins un quart.

UN MOINEAU

La jolie chose que la neige !... Notre jardin a l'air en sucre... c'est à crever de rire, réellement... Le lanceur de disque porte avec gravité un grand peloton blanc sur son poing; les reines de France ont des bonnets de coton, et grâce aux flocons que le vent colle à leur écorce, les arbres — blancs d'un côté, noirs de l'autre — ressemblent à des pages de mascarade... Regardez là-bas la pièce d'eau : sa bordure en pierre grise étincelle toute blanche ce matin. C'est ça qui doit faire plaisir au cygne.

UN AUTRE MOINEAU.

Une vraie eau-forte !

PREMIER MOINEAU.

Il y a pourtant des oiseaux qui ne veulent pas reconnaître la pénétrante poésie d'un paysage d'hiver. Les martinets, par exemple, les hirondelles, les canards...

SECOND MOINEAU, *dédaigneusement.*

Ces gens-là ne sont pas des artistes !

PREMIER MOINEAU.

Y a-t-il au monde rien de plus gai qu'une large pelouse de neige vierge ?

SECOND MOINEAU.

On y fait, en se promenant, mille petits dessins avec les pattes...

PREMIER MOINEAU.

Tout à l'heure, derrière l'Orangerie, un gardien montrait la pointe de son tricorne, mais il est bien vite rentré chez lui, en voyant la couleur du temps. Pas de gardiens, le jardin est à nous.

LA FOULE DES MOINEAUX.

La jolie chose que la neige !...

SECOND MOINEAU.

En tombe-t-il quelquefois hors de Paris?

PREMIER MOINEAU.

On le dit... mais silence ! voici quelqu'un.

LES MOINEAUX, *en chuchotant*.

C'est une jeune personne.

PREMIER MOINEAU.

Quelque pauvre ouvrière en retard... La voilà
trottant sur la pointe des pieds, à travers la
neige, où chacun de ses pas fait un petit trou
noir.

DEUXIÈME MOINEAU.

Les belles bottines !

LES MOINEAUX, *en chœur*.

Comme ça reluit !

PREMIER MOINEAU.

Par-dessous le jupon rouge qu'elle relève des
deux mains, la jupe empesée traîne sur la neige,

bravement, comme une vraie queue de friquet...
cette femme ressemble à un oiseau, elle me rappelle ma Pierrette.

UN MOINEAU DES TOURS SAINT-SULPICE

Hum !... hum !...

LES MOINEAUX, *éclatant de rire*.

La jolie chose que la neige !

*(La jeune personne disparait. On entend dans l'air des cui
cui plaintifs. Tout le monde relève la tête. — Arrive un
moineau de campagne ébouriffé, aveuglé, morfondu.)*

LE MOINEAU DE CAMPAGNE, *se posant sur le toit*.

Bonsoir, messieurs, et la compagnie.

LES MOINEAUX.

Quelle tournure, bon Dieu !!! Ce doit être
quelqu'un de province.

LE MOINEAU DE CAMPAGNE, *timidement*.

J'arrive de Verrière-le-Pont... j'ai froid !

PREMIER MOINEAU.

Approchez, mon brave, on se serrera pour vous
faire place. (*Le moineau de campagne hésite.*) Mais approchez donc, sacrebleu ! les cheminées n'ont

pas été inventées pour les gardiens. Mettez-vous comme nous, commodément, le bec en dehors, la queue dans le tuyau... Ça y est.

LE MOINEAU DE CAMPAGNE.

Oh !... il fait bon ici ! (*Il secoue ses ailes avec volupté.*) Oh ! mes amis... mes bons amis... Quelle désolation dans la campagne ! Un pied de neige partout... De loin en loin, quelques brins d'herbe montrent le nez, mais on ne dîne pas avec des brins d'herbe... Les haies disparaissent sous la neige, les buissons ont l'air de meules blanches. Plus de mûres, plus de baies, plus de prunelles, plus rien. Les oiseaux meurent comme des mouches.

LES MOINEAUX, *attendris.*

Pauvres gens !

LE MOINEAU DE CAMPAGNE.

Depuis hier, je n'ai rien mis sous le bec... rien qu'une graine de chènevis que j'ai ramassée près d'une source... Il faut dire que la neige fond toujours un peu, près des sources... A propos, déjeune-t-on ici ?

LES MOINEAUX.

On déjeune.

LE MOINEAU DE CAMPAGNE.

Et vous m'invitez ?...

LES MOINEAUX.

Nous t'invitons.

LE MOINEAU DE CAMPAGNE

C'est le mauvais temps qui m'a poussé chez vous... En chemin, je me suis abrité une minute sous l'auvent d'un colombier... Quelle tentation d'entrer pour voler le grain des pigeons !... J'avais faim, mais j'ai résisté.

LE MOINEAU DES TOURS SAINT-SULPICE

Vous avez bien fait, mon enfant.

LE MOINEAU DE CAMPAGNE

N'est-ce pas ?... Quelquefois, vous comprenez, quand on est dedans: v'lan ! la fenêtre se referme, et vous voilà pris. J'ai perdu un oncle comme cela, des hommes le firent cuire... Mais c'est égal, je mangerais bien un morceau tout de même.

PREMIER MOINEAU.

Un peu de patience !...

DEUXIÉME MOINEAU.

Nous allons passer à table dans un instant.

LES MOINEAUX, *en chœur*.

Dans un instant... Dans un instant...

PREMIER MOINEAU.

Ce n'est pas ici comme à la campagne, la neige ne nous fait pas peur. Elle a beau tomber, elle a beau cacher les baies des buissons et les petites graines qu'on trouve dans l'herbe, nous n'en déjeunons pas plus mal pour cela. Il y a un vieux monsieur qui nous aime ; il va tous les matins acheter des pains mollets là-bas, près du théâtre, à la boutique du coin, puis il nous les émiette, c'est exquis !

LES MOINEAUX.

On se flanque des coups de bec, on attrape les miettes au vol, c'est exquis !

LE MOINEAU DE CAMPAGNE, *ravi*.

Votre monsieur me fait l'effet d'un brave homme...

LES MOINEAUX, *en chœur*.

D'un bien brave homme...

LE MOINEAU DE LA TOUR SAINT-SULPICE.

Et puis, c'est un homme vertueux, il ne fume pas, et son pain n'a pas cet affreux goût de pipe...

LES MOINEAUX, *en chœur*.

C'est un hommme vertueux, un homme très vertueux.

LE MOINEAU DE CAMPAGNE.

Viendra-t-il au moins, le monsieur ?

PREMIER MOINEAU.

Il n'y manquerait pas pour un empire... Regardez au bout du jardin cette grande grille noire ornée de fers de lance en or. Derrière la grille, il y a la rue, et par delà la rue une maison avec de belles portes en cuivre. Cette maison est un café, notre vieux monsieur y va lire les journaux chaque matin, et tout à l'heure, quand dix heures sonneront, vous le verrez paraître sur la porte.

LES MOINEAUX.

Cui, cui cui, !... Que va-t-il nous apporter aujourd'hui ? du pain mollet ou bien du seigle ? *(Moment de silence.)*

L'HORLOGE, *enrhumée par la neige.*

Dong... dong... dong... dong... dong... dong... dong... dong... dong..

LES MOINEAUX, *battant des ailes.*

Dix heures, le voilà !... Cui, cui, cui..., le voilà !...

(Un vieux monsieur à cheveux gris, en redingote râpée, paraît sur la porte du café ; les moineaux le saluent

bruyamment. — Le vieux monsieur fait un pas dans la rue, puis il regarde le temps et rentre.)

LE MOINEAU DE CAMPAGNE.

Tiens ! il ne vient pas. Qu'est-ce que vous me contiez donc ?

PREMIER MOINEAU.

Il ne vient pas, c'est incompréhensible.

LES MOINEAUX, *cruellement déçus.*

C'est incompréhensible...

DEUXIÈME MOINEAU.

Je me rappelle maintenant... Hier au soir, en piquant une miette de pain à côté de son soulier, j'ai remarqué que la semelle en était décousue... Le pauvre homme ne peut pas venir... il lui faudrait marcher dans la neige.

LE MOINEAU DE CAMPAGNE.

Saperlotte !... Et notre déjeuner ?

PREMIER MOINEAU.

Nous ne déjeunerons pas aujourd'hui...

LES MOINEAUX, *tristement.*

Cui, cui, cui !... Cui, cui, cui !...

LE MOINEAU DES TOURS SAINT-SULPICE.

Sachons nous résigner aux décrets de la Providence.

LE MOINEAU DE CAMPAGNE.

Ah! mais non, curé; j'ai bon appétit, moi. Écoutez : — le gros du vent cesse un peu, la neige ne tombe plus guère, je suis d'avis d'aller faire un tour du côté des fortifications, à la barrière d'Italie. Quand nous arriverons, la route sera battue. Il passe par là beaucoup de chevaux. Les chevaux, c'est bon à fréquenter; dans ce qu'ils laissent, on picore, on glane...

LES MOINEAUX.

Dans ce qu'ils laissent? Fi, l'horreur!

LE MOINEAU.

Dame! ce sera comme à la campagne.

(Il s'envole; après avoir un moment hésité, les autres moineaux le suivent)

———

PLAISIRS D'HIVER

Madame,

Vous me demandez ce que je fais, en plein décembre, dans cet érémitique coin de montagne.

Je fais surtout de grands détours, à travers friches et vignes mortes, pour échapper aux interrogations anxieuses des braves paysans mes frères, lesquels, troublés par les révélations de l'enquête, doutent déjà des représentants qu'ils ont élus et voudraient savoir à quoi s'en tenir, une fois pour toutes, sur la question du Tonkin. Ils n'ont que politique en tête, ils m'attendent comme une proie ; et, quand je passe hors de portée, ils me suivent d'un long regard que je devine chargé de reproches.

6

Puis l'homme reprend son travail, retournant au louchet la glèbe pierreuse ou s'escrimant de la hache sur un chêne trapu, difforme et tout en tronc à force d'être annuellement mutilé. Moi je gagne le chemin rural; et, chaussé de façon à ne redouter ni les cailloux, ni les ornières, je jouis avec un sybaritisme ingénu des sensations délicates qu'on éprouve à revenir vieux déjà et ruminant ses jours aux endroits où, tout jeune, on rêva la vie. Il y a là un dédoublement de soi, un envers confus de souvenirs qui jettent l'âme dans un état de trouble exquis, comparable à l'enivrante obsession que laisse après lui un beau rêve.

Ce pays est plaisant plus que vous ne sauriez croire.

Ici le vrai Midi finit; non pas vaguement, en limbes malades, en frontières flottantes et indéterminées, mais dans toute sa vigueur et sa force, au pied de rochers nus qui se dressent comme un rempart.

Par delà, c'est le Gapençais dauphinois, contrée à noyers et à fourrages, cirque vert, alpestre déjà, qu'enserrent des cimes longtemps neigeuses. Où nous sommes, c'est la Provence, blanche au printemps de fleurs d'amandier et conservant encore quelque gaieté malgré l'hiver; car, à perte de vue, partout, sur les côtes abritées, s'accrochent des bosquets d'olive qu'argente en passant la tiède brise.

Et tenez, je vous plains, vous autres Parisiens, de ne pas connaître notre hiver!

Chez vous, l'hiver est chose nette : du froid et jamais du ciel clair. Chez nous, au contraire, c'est une saison voluptueusement nuancée, faite de frissons et de sourires, comme les automnes du Nord d'une si poétique mélancolie, et que le Midi ne connaît pas.

Au revers sombre d'un *Hubac*, la tombée de neige est restée ; les fontaines moussues pendent en stalactites que le reflet du ciel bleuit ; dans son lit d'ardoise effritée, sous une mince vitre de glace, le ruisseau coule silencieux ; et les merles transis se mettent en boule, tristement, au milieu des buissons sans feuillage.

Quelques pas encore : au premier tournant, le soleil devient chaud à se faire sauter la veste ; les sources chantent, dégelées, pour répondre au cri d'oisillons prématurément amoureux ; le gazon s'égaie de brins nouveaux ; et frissonnant un peu, sur le mur blanc du cabanon, à côté de la treille flétrie, un rosier surchargé de roses se redresse dans un rayon.

Telles sont mes joies d'après déjeuner.

Le matin, je chasse... Ne vous récriez pas! Je chasse malgré mon horreur instinctive du massacré et du sang versé. Non pas à l'ours, soyez tranquille : le dernier ours de la contrée fut tué voici quatre-vingts ans, — un jour qu'il mangeait des poires sauvages, — par un petit berger que j'ai connu vieillard. Au sanglier non plus; on en connaît un qui déserte parfois les bois de Lure, pour venir la nuit, dans les métairies, fourrager le grain des gerbiers : mais son existence est hypothétique et personne ne le vit jamais. Quant au lièvre, à la perdrix rouge, il faut pour les traquer, en ces cantons ardus, une vaillance de jarrets que Paris a par trop affaiblie.

Le mieux est d'avouer tout de suite. Eh bien, je chasse aux petits oiseaux.

Oui! ces petits oiseaux, ces gentils chanteurs dont l'autre hiver (avec le docteur, il vous l'a conté?) nous mangeâmes, la mort dans l'âme, tant d'appétissantes brochettes, non sans maudire la férocité toute romaine, l'horrible atavisme césarien qui pousse ainsi les bons Provençaux à transformer en comestibles les plus minuscules habitants de l'air... ces petits oiseaux, je les tue, ou du moins je suis censé les tuer.

Et circonstance qui n'atténue rien, je les tue lâchement « au poste! »

Vous ne connaissez pas la chasse au poste?

Autour de Marseille et de Carpentras, autour de

Carpentras surtout, le chasse au poste est élevée
à la hauteur d'une institution nationale.

C'est l'ami César, — Guindon César, —un Siste-
ronnais originaire des plaines que le Vaucluse
arrose, qui le premier introduisit dans nos montagnes ce délectable et détestable passe-temps.
Comment a-t-il fait pour m'induire en tentation?
Je l'ignore! Séduit par son infernale éloquence,
je consentis un jour à le suivre, presque à contre-
cœur, avec un sentiment de curiosité révoltée.
Maintenant je suis pris, j'ai senti le sang, et,
comme saint Augustin aux jeux du cirque, je retourne à la chasse au poste pour mon plaisir.

Les préparatifs sont charmants!

On part avec le jour, vers les sept heures ; c'est
aux premiers rayons que la chasse est bonne! Le
corps bien couvert, le visage fouetté par un petit
frisquet, on chemine gaillardement sur la route
sèche et sonore. Là-haut, à mi-montagne, des traî-
nées de brume, blanches comme argent sous le
soleil qui les atteint déjà, promettent une belle
journée.

Le poste!

Installation pittoresque et simple : une caba-
nette en planches, au milieu des champs, à l'abri
de l'œil des humains, et masquée par quelques
branches de chêne dont le feuillage couleur de

vieil or frissonne dans le vent avec un bruit sec et métallique.

De chaque côté de la cabane, deux arbres morts qui sont les cimeaux.

A l'intérieur, suspendues à des clous et rangées en manière de corniche, une série de cages étroites dans lesquelles vivent prisonniers les *appeaux*.

La cabane a des créneaux comme une forteresse.

Le premier travail est de disposer les cages par terre, dans l'herbe gelée, au pied des cimeaux.

Notre collection d'oisillons dressés est complète et l'ami César se montre fier de ses appeaux plus qu'un grand seigneur de sa meute. Quelques-uns, des ténors ! lui coûtent vingt et trente francs.

Voici le *pinson solitaire;* le *pinson gavot*, à bec jaune, au plumage finement teinté; la *passe*, une bouchée exquise, que le profane prendrait pour un gros moineau; le *linot*, tout gris; le *verdier*, en habit vert liséré de jaune; le *tchi* ortolan; le *tchi* buissonnier, superbe avec sa longue queue; le *tchi-moustache*, à qui une raie noire, descendant de l'œil jusqu'au cou, donne une physionomie guerrière; et enfin le *grasset*, l'incomparable grasset! un oiseau tout en or dont le costume resplendissant semble déceler les intimes succulences. Pas de *char-*

donneret, par exemple ! l'ami César a le cœur sensible : il fait grâce aux chardonnerets.

Dès qu'ils se sentent à l'air libre, dès qu'ils aperçoivent un bout de ciel à travers les barreaux d'osier de la prison, les malheureux captifs gazouillent. Est-ce un chant ou bien une plainte? Les deux, peut-être ! Mais leurs frères des bois, leurs frères des vallons les entendent, et, attirés par une mystérieuse sympathie, ils viennent, gazouillant, causant, répondant, se poser auprès d'eux, le plus près possible, sur les cimeaux.

Alors, bien tranquille dans sa cabane, assis, le canon de fusil appuyé sur l'embrasure, mon chasseur prend son temps et les mitraille.

Mais l'heure marche, enfermons-nous : Quelques gouttes sont tombées hier, et les oiseaux pressés de quitter la feuillée humide vont descendre en plaine.

Silence ! Je guette mon cimeau, César le sien. La bise souffle, les appeaux appellent, la rivière gronde au lointain. Dans l'étroite ouverture par où je regarde, un grand paysage s'encadre : arbres, maisons blanches, rochers; et ce serait délicieux sans l'obligation de mettre à mort l'infortuné pinson qui vient — tenez ! de se poser là, bien en face, tout en haut de la branche morte, et qui, noir sous le bleu du ciel, ressemble à une feuille qui chanterait.

Car on les tue, pinsons et linots, on les tue par douzaines. Quelquefois, en tombant, le petit cadavre s'embroche à la tige d'un chaume aigu.

Pour mon compte, s'il faut tout dire : Madame, je n'en tuai jamais.

Et même, depuis quelques jours, j'empêche que l'ami César n'en tue.

L'ami César, parfait chasseur, a pourtant cette déplorable habitude de murmurer : — «*N'en véla qui maï un!...*» en visant, à chaque fois qu'un oisillon vient se percher sur son cimeau. Quand j'entends cela, brusquement, par l'embrasure qui m'est dévolue, pan! je tire. Le bruit de mon coup inutile effraie la pièce visée par César, et j'ai le plaisir de la chasse sans m'exposer à aucun remords.

César me disait l'autre jour :

— « Je ne tue plus rien, coquin de sort! Je ne sais pas si c'est un hasard, mais vous tirez toujours juste au moment où j'ai le doigt sur la gâchette, et ça fait partir mon gibier... »

Evidemment César se méfie.

Il ne m'attend plus au départ, il m'accueille sans enthousiasme, et je crains bien qu'un de ces matins, — malgré notre vieille amitié, — il ne m'interdise le seuil sacré du *poste*.

N'importe! Ma conscience est tranquille.

J'ai de cette façon, depuis une semaine, sauvé l'avenir d'au moins deux cents nids. On connaît, madame, des hommes d'Etat qui emploient plus mal leurs matinées.

COURRIERS D'HIVER

L'autre nuit, pendant que soufflait la rafale que l'averse battait les toits, j'ai fait un rêve, mais un rêve fantasquement mythologique, comme en dessina le peintre Hamon.

Je voyais venir *la Froidure*.

C'était une fillette pâle, vêtue d'un long manteau neigeux, où scintillaient et cliquetaient en guise de franges ces fines aiguilles de cristal que la bise suspend aux mousses des fontaines, avec mille broderies rappelant les arabesques d'argent dont le givre ternit nos vitres.

Elle portait une couronne faite d'un feuillage luisant, chargé de noix vertes. Et lentement, elle s'avançait à cheval sur un escargot.

Car il n'y a pas à s'en dédire, depuis plusieurs

jours déjà, une fillette — la même que j'ai revue en songe — s'arrête chaque matin sous ma fenêtre, criant : — « Cerneaux cerneaux, cerneaux nouveaux ! » Et déjà, aux grilles des cabarets, les premiers escargots farcis, précurseurs de l'hiver, ont laissé fumer vers le ciel l'encens de leur âme odorante.

Qu'on me pardonne un tel lyrisme !

J'eus le bonheur de naître en Provence : or, plus que le Parisien lui-même, le Provençal est friant d'escargots.

Et cela de temps immémorial.

A ce propos précisément, en lisant Salluste, j'ai fait une importante découverte qui semble avoir échappé jusqu'ici à l'attention des historiens.

J'ai découvert d'abord que l'escargot, à qui on ne soupçonnait guère cette antique illustration, joua son rôle dans les guerres d'Afrique, alors que les Romains avec Marius y bataillaient, et de plus que l'estime particulière dont nos paysans de Provence honorent ce succulent gastéropode tient au sang, à la race, et date d'environ deux mille ans.

Voici en abrégé ce que Caïus Sallustius Crispus nous raconte :

Non loin du fleuve *Mulucha* (vers l'endroit où est maintenant la frontière du Maroc et de l'Algérie) s'élevait en plaine un roc portant un fort à son sommet. Marius mit le siège devant, sachant que les trésors du roi se trouvaient enfermés là. Mais le roc était à pic ; le fort avait une garnison considérable, du blé en quantité, une source d'eau vive ; de sorte qu'après bien du temps, bien des peines perdues, Marius désespérait quand le hasard vint à son aide.

« Le hasard voulut qu'un Ligurien, simple soldat des cohortes auxiliaires, sorti du camp pour aller chercher de l'eau, aperçût des escargots qui se promenaient dans les rochers, sur le talus de la forteresse. Il en ramasse un, puis deux, puis quatre ; et, tout entier à sa cueillette, arrive peu à peu jusqu'au sommet de l'escarpement... »

Il faut lire la suite dans le vieil historien : comment le bon troupier amateur d'escargots, ayant ainsi constaté le point faible de l'enceinte, alla trouver Marius ; comment Marius lui confia la direction d'une petite troupe munie de cornets et de trompettes, et comment l'ennemi se laissa vaincre, croyant être pris à revers.

Dans l'aventure, un seul fait importe : que le héros est un Ligurien, c'est-à-dire un montagnard de basse Provence, conservant au milieu des camps, en terre lointaine, comme ferait un de nos conscrits, le souvenir du pays natal, et la religion de l'escargot assaisonné d'aïoli ou préparé à la sauce verte.

Et ceci explique pourquoi, aujourd'hui encore, depuis Marseille jusqu'à Vintimille, les gourmets ne jurent que par l'escargot.

Car chez nous, soit dit sans raillerie, l'escargo est compté comme gibier.

Non pas ce gros escargot jaune que la Bourgogne envoie à Paris, mais un escargot du Midi, un petit escargot gris brun, plus maigre, plus fin, en harmonie avec le sol de l'habitant.

L'escargot fait la joie des *bastidons*, des *cabanons*, villas minuscules, paradis rôtis du soleil, sans lesquels l'homme de là-bas ne saurait vivre.

Qu'une fraîche ondée tombe du ciel et lave la poussière des feuillages, aussitôt un cri retentit :

— « L'escargot a montré ses cornes ! »

Et les populations se répandent dans les vignes.

Sur la terre détrempée, le long des souches ruisselantes, femmes, enfants, vieillards, les hommes et les demi-hommes ramassent les escargots à pleins paniers.

— Décidément, la chasse est bonne, et dans huit jours, au premier dimanche, tous les fourneaux seront en fête. »

Dans huit jours au plus tôt : avant de se laisser manger, il faut d'abord que l'escargot jeûne.

On les tient prisonniers dans des vases à fleurs, avec une planche et une pierre par-dessus.

Mais les escargots sont forts; de plus, malins en diable. Pour sortir de leur noir cachot, ils s'entr'aident, font la courte échelle, unissent mille efforts en une formidable poussée ; si bien qu'il n'est pas rare un matin de retrouver le vase à fleurs vide, les murs de la chambre tapissés de bave argentée, et les escargots en corniche autour du plafond.

Dans les années sans pluie, il y a disette d'escargots. Pourtant on en déniche tout de même : parmi les touffes des grands fenouils dont ils aiment la tendre verdure et dont l'odeur forte les attire, ou bien encore des amas de sarments verts que les gens prévoyants laissent exprès dans l'entre-deux des allées de vigne, pour garder au sol un peu d'humidité.

En hiver, c'est mieux. On les cueille à point, recroquevillés derrière une mince membrane, et prêts à chanter au fond de la casserole sans même qu'il soit nécessaire de les laisser jeûner.

Pour en trouver autant qu'on veut, on n'a qu'à démolir le mur en pierre sèche du voisin. Pas de vains scrupules. Le voisin certainement vous rendra la pareille au courant de la saison, et vous mettrez tous deux ces éboulements sur le compte du gel et du dégel.

Cette idée d'escargots mangés en hiver reste poétiquement liée à un de mes plus doux souvenirs, à une de mes plus pénétrantes impressions d'enfance.

Mis en gaieté par un jour de beau soleil, d'air vif et de neige craquante, nous avions, un ami et moi, déserté l'école, bien résolus à ne pas rentrer jusqu'au soir.

Vers les deux heures, la faim nous prit. Le déjeuner était loin déjà, et nous n'avions trouvé à mettre sous la dent qu'une pomme prise dans la glace sur le bord d'un ruisseau gelé.

Inquiet et le cœur gros d'entendre les oisillons qui pépiaient gaiement en cherchant leur vie dans les arbres, déjà je songeais à la retraite. Mais mon ami, garçon hardi avec des instincts de Peau-Rouge, ne s'effrayait pas pour si peu. Il ne voulait pas se rendre encore. Il réfléchissait, espérait...

Tout à coup, me montrant une fumée à l'horizon :

— Nous sommes sauvés. En avant! Je crois que le vieux Marc est en train de brûler sa haie. »

En effet, le vieux Marc avait mis le feu à un amas de ronces couronnant le petit mur qui soutenait son champ, et il attisait le brasier avec une fourche. C'est le procédé que nos paysans emploient pour maintenir les haies à bonne hauteur.

Quand il ne resta plus rien, le vieux Marc s'en alla, et mon ami dit :

— « Maintenant, mangeons des escargots ! »

Quels escargots?... Je ne voyais pas d'escargots.

Mais mon ami avait raison ; nous en trouvâmes bien deux douzaines, au milieu des charbons, rôtis dans leur coquille.

La cendre les salait un peu ; ils exhalaient une odeur délicieusement appétissante.

Tout en mangeant, nous nous chauffâmes, et nous rêvions de Robinson !

UNE HEUREUSE JOURNÉE

Le vrai printemps, et non pas cet avril maussade, à chapeau de givre et de grésil qui, comme la princesse en sa tour, s'amuse, fantasque geôlier, à tenir les fleurs prisonnières !

Tout riait et tout verdissait. Dans les bois, des bandes d'oiseaux ragaillardis becquetaient la pousse nouvelle ; les prés étaient pleins de narcisses, et, jaunes de poussière d'or, les abeilles ivres dansaient ; tandis que sur les champs — où, marquant la trame des sillons, le jeune blé pointait déjà, — les amandiers noirs et fleuris secouaient au passer du vent la neige embaumée de leurs branches.

Et les gens qui, depuis le soleil levé, sans souci du travail, ne quittaient plus le pas de leurs portes,

disaient et redisaient, contemplant le ciel : —
« Qu'il fait beau ! »

Il faisait même si beau, si cruellement beau, que,
Firmin et moi, nous rendant en classe, un désespoir
soudain nous prit.

Mieux qu'un désespoir ; une lassitude physique !
Nos pieds étaient de plomb, nos jambes ne nous
portaient plus. Le collège apparaissait très loin. Il
ne nous semblait pas qu'il fût possible de l'at-
teindre. Même en l'atteignant il nous semblait que
nous ne verrions plus finir les interminables heures
d'étude. Nous songions aux peines éternelles, nous
avions la sensation de cet enfer du Père Bridaine,
dont parfois le vicaire nous faisait peur, avec son
cadran sans aiguilles et son balancier inexorable qui
à chaque battement répond : « Jamais ! — Toujours ! » au poignant ennui des damnés.

Au milieu de la Grand'Place, des vauriens
jouaient, en guenilles : leur sort nous parut valoir
mieux que le nôtre.

Devant une porte à perron, pour qu'il jouît de la
chaleur, on avait roulé, dans son fauteuil, un bonhomme paralytique. Sous une vieille robe de
chambre à dessins indiens son corps se raidissait,
anguleux, immobile. Un visage pâle comme
l'ivoire, des yeux fixes, vitrifiés. Les lèvres
pendaient. Il avait un foulard noué aux genoux ;
et de temps en temps sa main droite, qui n'était

morte qu'à demi, essayait le geste de chasser les mouches.

Le bonhomme faisait peine à voir ; mais le collège ne l'attendait pas : nous enviâmes ce misérable !

On finit pourtant par y arriver, au collège !

La porte en était entr'ouverte ; et, dans la cour qui fut un cloître, les professeurs se promenaient. — « Pousse ! » me dit Firmin. — « Non ! pousse, toi. » Nous ne poussâmes ni l'un ni l'autre. Le premier coup de cloche tintait seulement, il nous restait au moins cinq minutes, et nous avions le temps d'aller faire un tour jusqu'aux remparts.

Les remparts ! séjour digne des dieux l'hiver et les jours de mistral, vraie cheminée du roi René, où se donnent rendez-vous tous les paresseux de la ville pour *brûler un sarment* gratis, au soleil, en fumant des pipes.

Mais combien ils nous parurent plus agréables cette après-midi-là, sans personne, dans la solitude, avec les violiers couleur de miel qui parfumaient leurs vieilles pierres et les grandes gueules de loup à fleurs blanches qui se dressaient sur le bleu du ciel, entre les créneaux. On entendait le roucoulement doux des innombrables pigeons fuyards nichés dans les brèches. La rivière grondait au loin. On se sentait en lieu d'asile.

Chut ! derrière nous, par-dessus les toits des

maisons, l'horloge sonne : *Dong!*... *Dong!*... — Deux heures! s'écrie Firmin. — Nous sommes venus à une heure moins cinq, il n'y a qu'un instant ; tu auras mal compté, il ne peut pas être deux heures. — Alors attendons la réplique.

Mais à la réplique, l'horloge, de sa même voix, compta deux heures gravement. Que faire ? Le temps avait coulé trop vite, à notre insu. Le sort était jeté, la classe était manquée.

Dire que nous fûmes navrés serait mentir. Au contraire, une fois la décision prise, on se sentit le pied plus léger, l'esprit plus libre. Maîtres de nous-mêmes jusqu'à la nuit ! C'est maintenant que le collège semblait loin.

Firmin conclut : — Voilà ! il faudrait cacher nos livres. Et, pour commencer, nous cachâmes nos livres au creux d'un saule poussé sur le talus croulant de l'ancien fossé, au milieu des ronces.

Un garçon de ressource, ce Firmin ! le véritable enfant de la nature, peu ferré sur les participes, mais qui n'avait pas son pareil dans l'art de découvrir les nids ou de dérober les fruits en maraude. Malheureusement, à cause de la saison, nous ne pouvions espérer cerises ni figues, et les oiseaux ne voletaient pas encore de buisson en buisson, méfiants et craintifs, un brin de laine au bec.

La journée n'en fut pas moins délicieuse.

Firmin, pour éviter les mauvaises rencontres,

m'avait tout de suite conduit — loin des quartiers
trop habités où les bourgeois ont leurs villas, les
artisans leurs vide-bouteilles — dans des lieux
écartés, par des chemins perdus, derrière des
collines qui cachaient la ville.

En revanche, ça et là, sur les cimes, le long des
rivières, apparaissaient des taches blanches qui
étaient des villages à moi inconnus. Firmin me les
nommait : — Ceci est Bevons, et plus loin là-bas,
c'est Salignac. Tant de science m'épouvantait, je
me croyais au bout du monde.

Nous connûmes toutes les joies. On escalada des
rochers dans des herbes qui sentaient bon. On prit
le frais sous une grotte. On goûta sur l'herbe, près
d'une source. Et comme Firmin avait du tabac au
fond de ses poches, un berger à qui nous garnîmes
la pipe, en échange, nous donna du lait.

Mais à mesure que le soleil baissait nous sentions
peu à peu le remords envahir notre âme. Firmin
lui-même semblait moins brave. Le premier il parla
de retour.

Un retour triste, à pas alanguis. Nous marchions
côte à côte, tête baissée, sans rien nous dire. Mais
les mêmes craintes nous tenaient et nos pensées
étaient communes.

Tout à coup je tressaillis.

Devant un bastidon, aux abords de la ville,
quelqu'un m'appelait par mon nom.

— Cachons-nous, dit Firmin, c'est peut-être ton père !

Ce n'était pas mon père, mais un de ses voisins, l'estimable monsieur Paloque, géomètre et marchand de biens. Je le reconnus à sa voix, à sa redingote, au piquet fiché près de lui en terre et à un instrument de forme bizarre qu'il brandissait.

Il m'appelait et appelait aussi Firmin :

— Approchez, on a besoin de vous.

Que diantre pouvait-il bien nous vouloir?

Nous approchâmes timidement, moi plus timidement que Firmin, car je venais d'apercevoir, cueillant des fleurs, à quelques pas de l'estimable M. Paloque, la belle Mlle Olympe, sa fille, personne imposante que j'aimais peut-être comme on aime à douze ans, sans m'en rendre compte, et dont le regard noir et railleur entre des cils toujours mi-clos, je ne sais pourquoi, me faisait rougir.

Sa présence ne m'étonna point. L'estimable M. Paloque amenait souvent ainsi avec lui la belle Mlle Olympe, dans ses opérations d'arpentage.

Deux paysans étaient venus, apportant chacun une brique ; et devant eux, à côté d'un trou près duquel gisait une grosse pierre, l'estimable M. Paloque nous expliquait ce que l'on attendait de nous.

Il s'agissait de poser une borne entre deux parts d'héritage, et nous allions, Firmin et moi, servir

de témoins. Une joie subite gonfla mon cœur, mê-
lée d'amour. D'abord l'école buissonnière s'effaçait.
Mon père ne pourrait rien dire. On a bien le droit
de manquer le collège une fois par hasard pour
rendre service à la société et servir de témoin à l'estimable M. Paloque. Puis j'étais fier de faire œuvre
d'homme, et heureux que la belle Mlle Olympe me
vît.

Cependant les deux paysans avaient cassé leur
brique en deux morceaux. Ils en échangèrent un
que chacun garda, mirent les deux autres au fond
du trou, et plantèrent, par-dessus, la grosse
pierre.

Je suivais avec intérêt ce cérémonial étrange.

— Avez-vous vu ?... demanda l'estimable M. Paloque.

— Nous avons vu.

— Alors vous vous rappellerez !

En même temps, deux gifles formidables, deux
gifles à nous renverser, tombaient sur la joue de
Firmin et sur la mienne.

Firmin hurlait ; et, certes, jamais de la vie la
belle Mlle Olympe, — ô désespoir, elle riait ! —
n'avait eu l'occasion de me voir aussi rouge.

Triste fin d'une heureuse journée !

On eut beau m'assurer qu'il n'y avait point là
déshonneur et que c'était un usage ancien excellent pour graver certains faits importants dans la

mémoire. Je gardai rancune, une rancune qui dure encore, à l'estimable M. Paloque, et pendant longtemps, amoureux quand même de la belle Mlle Olympe, je faisais de grands détours, dans mes promenades, pour éviter la pierre, la maudite pierre qui m'avait vu, en sa présence, si durement humilié.

LES PETITS PAGES DE MUSIQUE

A MES PETITES AMIES EUGÉNIE

ET MARIE DUHAMEL

Pages, petits pages de musique ! n'est-ce pas, mes chers amis, que le nom seul fait rêver, et que, sans bien savoir en quoi consiste le métier, vous voudriez être pages de musique ?

Car les pages de musique ont réellement existé. L'illustre d'Assoucy, empereur du burlesque, dont vous lirez, quand vous serez plus grands, les extravagantes aventures, voyageait toujours accompagné de deux petits pages qu'il faisait chanter pour les instruire. A cette époque, tout musicien ambulant avait les siens. Marie de Médicis en ayant emmené plusieurs d'Italie, la mode après

elle, et jusque sous Louis XIV, s'en continuait.
Lulli, ce démon de treize ans, méchant et vif,
et noir quoique fils de meunier, n'était pas autre
chose que page de musique, lorsque le chevalier
de Guise le rencontra s'escrimant du violon à travers les rues de Florence : — « Apportez-moi un
petit Italien, si vous en trouvez un de joli, »
avait dit mademoiselle de Montpensier au chevalier de Guise. Et le chevalier rapporta Lulli,
comme il eût rapporté un perroquet d'Amérique.
Lulli fit fortune à la cour. Vous voyez que les
pages de musique d'aujourd'hui, les pifferari mal
peignés, qui raclent le *Miserere* du *Trouvère* sur
leur genou et braillent « *Evviva l'Italia !* » dans
les cafés de la capitale, ont des ancêtres glorieux.

Ce devait être une vie bizarre et charmante pour
un garçonnet de douze à quinze ans, que de s'en
aller ainsi à travers pays, étudiant la musique,
non la guerre, et portant, non comme les pages
du temps de la reine Berthe, la lance ou l'écu
d'un chevalier, mais, ce qui vaut peut-être mieux,
le théorbe ou le luth et le livre de tablature de
quelque poète-chanteur.

Les bons jours, certes ! ne manquaient pas. C'est
Madame Royale qui fait venir, voulant entendre
leur chanson nouvelle, le maître et l'élève à son
palais de la Vigne. C'est un prieur, c'est un légat
qui les régalent de vin épiscopal, de vin papal.

On se dispute leur compagnie. Devant eux, tout le long du chemin, les châteaux ouvrent leurs grilles; au maître, des florins par poignées ; à l'élève, au gentil enfant qui se tient là timide, par derrière, un habit couvert de passements d'or, une toque à plumes, un poignard donnés en cadeau.

Puis ce sont les séjours dans les bonnes villes, confrères qu'on rencontre, joyeux compagnons qui vous font fête, aventures de grande route et d'auberge, duels pour un air ou pour un couplet. L'apprenti musicien prenait sa part de tout, parfois au détriment de la musique, témoin ce Pierrotin, page de d'Assoucy, qui perdit la voix à force de boire.

Il y avait aussi les jours de misère. Les portes ne s'ouvraient plus, les oreilles restaient insensibles. On traversait des saisons dures, chantant au cabaret pour le menu peuple, avec des plumets lamentables et des pourpoints du temps jadis. L'art y gagnait, car le maître, la poche vide, rentrait au logis de meilleure heure, et la leçon du page s'en trouvait plus longue. Mais le pire de tout, c'est quand le maître disparaissait, mis en prison pour quelque méchante affaire; c'est quand le maître venait à mourir laissant tout seul, en pays étranger, son page, son pauvre petit page de musique !

J'ai lu autrefois dans une gentilhommière du

Haut-Dauphiné, moitié ferme, moitié château, la lettre d'un petit musicien abandonné ainsi pendant toute une saison de neige, lettre qui, hélas, n'est jamais partie et que l'on conserve encore, après plus de deux cents ans, aux archives, parmi d'autres paperasses.

« MA CHÈRE SŒUR,

« Qu'il fait froid ici et que ton Giovannino est malheureux !...

« Tu te rappelles, au printemps dernier, quand le signor Antonio, mon bon maître, me jugea, malgré mon âge, assez fort en musique et pour la voix ; il se mit à parler de Paris. — Paris est loin, disait-il, mais on chanterait en route... A Paris, la reine est une Médicis. Avec un luth et quelques beaux airs, à Paris, on est sûr de la fortune... Paris, toujours Paris. Et toujours la reine, la cour ! Donc un beau matin, nous partîmes.

« Avec nos instruments de musique et nos livres, nous emportions, en travers sur l'âne, ce grand polichinelle napolitain tout de blanc vêtu et sanglé de cuir, qu'Antonio a lui-même taillé dans le bois et qui nous faisait tant rire l'an passé.

« *Povero Pulcinella !* il n'a pas eu de bonheur, ni moi non plus d'ailleurs, et le vieil Antonio moins encore.

« Tout alla bien les premiers mois, une fois sortis d'Italie. C'était la Provence ! Figure-toi un pays qui ressemble à notre pays : la mer, un beau soleil, des treilles sur des maisons blanches, et des villages et des grandes villes... C'était plaisir de voyager. Puis un parler presque italien, de braves gens toujours prêts à chanter, toujours prêts à rire. Nos duos, instruments et voix, faisaient merveille ; et Pulcinella, bien que tous ses lazzis ne fussent pas également compris, avait des succès sans pareils. La belle France que cette France !

« Il fallut pourtant la quitter. Le maître, tout joyeux, répétait : *Parigi ! Parigi !* Nous nous enfonçâmes donc dans la montagne, tirant vers Lyon : c'était notre plus court.

« Quel chemin, petite sœur ! Des rochers, toujours des rochers. De loin en loin un pauvre village. Et le ciel qui devenait moins bleu, et le parler, à mesure que nous montions, qui se faisait barbare. Mes chansons ne plaisaient guère ; quant à Pulcinella, on ne le comprenait plus.

« Nous étions sombres, Antonio et moi ; Pulcinella lui-même devenait mélancolique. Pulcinella manquait d'entrain et de verve ; son œil rouge s'éteignait, sa face de coq semblait triste.

— Il gèle, *povero !* il gèle faute de soleil, disait Antonio en essayant de sourire. Puis il répétait :

Parigi! Parigi! pour nous rendre un peu d'espérance.

« Plus de recette sur les places ni dans les auberges; et le froid avec cela qui venait. Le froid, la faim, quelle misère !

« Nous avions vendu l'âne. Je portais les livres et les luths. Antonio allait devant, par les champs mouillés, par les chemins pleins d'ornières. — « *Va male ! va male !* murmurait-il, Paris est trop loin, trop loin *Parigi !* » D'ailleurs nous n'avancions plus guère, car le vieux maître se fatiguait.

« Un jour il tomba de la neige, et puis il en tomba tous les jours. Nous nous arrêtâmes dans un village. On nous dit que les chemins étaient bloqués pour un mois et qu'il nous fallait attendre le retour de la belle saison.

« Attendre sans argent !... cela découragea le vieil Antonio. « *Ahimé !* soupira-t-il, *ahimé ! povero Pulcinella !* »

« Le soir, près d'un feu de sapin où les paysans nous avaient fait place, Antonio, à la flamme claire, voulut me donner sa dernière leçon. Sa dernière ! entends-tu, *sorellina ?* mais je ne savais pas que ce fût sa dernière. Puis il m'embrassa plus fort que de coutume et nous montâmes au grenier dormir dans le foin.

« J'avais accroché le Pulcinella devant la lucarne; je l'avais accroché solidement à un grand clou, avec une corde. Au milieu de la nuit, un bruit m'éveille ; je regarde. En face de moi, blanc comme la neige et le clair de lune qui brillaient derrière, Pulcinella se balançait. C'est bien naturel, n'est-ce pas, un Pulcinella qui se balance ? La chose pourtant me fit peur.

— « Antonio ! Antonio !... » criai-je. Antonio ne répondit pas ; je me retournai, et, sur le mur du fond, dans la grande clarté qu'envoyait la lucarne, j'aperçus une forme noire. L'ombre de Pulcinella sans doute... je voyais la corde et le clou.

— « Antonio ! »

« A ce moment (c'est le vent peut-être qui fit cela), le Pulcinella se décroche et tombe. Et sur le mur du fond, chose étrange ! je continuais à voir son ombre immobile, avec la corde, avec le clou. — « Antonio ! » Hélas ! l'ombre de Pulcinella, c'était Antonio, mon maître, mon pauvre maître, qui s'était pendu.

« On a enterré Antonio. Les gens du pays ont brûlé Pulcinella, les barbares ! le prétendant ensorcelé. Maintenant je suis seul. Mais le printemps approche ; j'irai à Paris, j'y jouerai à la cour une belle chanson que j'ai composée à la mémoire de mon bon vieux maître : — *Pulcinella nella neve* — Polichinelle dans les neiges, Polichinelle mort de froid ! »

Bonne chance à Paris, gentil page de musique !

Puisses-tu y trouver la fortune avec tes mélodies, et porter un jour, non sans gloire, l'habit de satin brodé des petits violons du roi. Mais j'y songe : et cette lettre qui n'est jamais partie ?... peut-être le printemps vint-il trop tard pour le pauvre Giovannino ; peut être est-il mort lui aussi, mort dans les neiges, mort de froid comme Antonio et Polichinelle !

———

MOURETTE ET PERDIGALET

———

Ils n'ont certes pas tort ceux-là qui, aussitôt qu'apparaît à l'horizon décembre, mitouflés de fourrures, prennent le train pour Antibes, Monaco, Nice et tant d'autres coins presque africains de notre Provence. Car elle est charmante cette Afrique d'où l'on voit la neige briller ; d'où l'on peut, assis sous un palmier, entre un clos d'orangers et un champs d'anémones, sur le bord d'une mer riante qu'éclaboussent mille rayons, admirer les Alpes violettes qu'ourle à leur crête une mince ligne d'argent, chaque jour plus voisine et plus élargie.

Mais dans ces climats trop fortunés il est bien rare qu'à force de s'élargir et de descendre, aidée parfois d'un coup de vent, la neige finisse par gagner la plaine. Chez nous, région déjà montagneuse bien que l'olivier y prospère, on a plus souvent sa visite. Et c'est toujours une fête quand arrive la neige, n'y en eût-il qu'un travers de doigt, juste ce qu'il faut, comme disent les Japonais et Philippe Burty, pour qu'un petit chien, se promenant, puisse dessiner des marguerites avec ses pattes.

Quel miracle ! Quelle féerie ! Pendant la nuit tout le paysage a changé. Mais le ciel est pur comme un lapis, le matin s'est levé superbe, et il fait tiède sous les roches, à cet abri connu où le soleil donne. Vous diriez, à voir le temps si doux et les amandiers tout blancs sur les pentes, qu'un nouveau printemps vient de naître et que le vent des fleurs a soufflé.

Un printemps gourmand, par exemple ! Car, dans les champs sans route où marque, noire au milieu d'une nappe blanche, la piste matinale du facteur rural, s'avancent des troupeaux de dindes qu'on mène, gloussant, au marché. Un printemps qui annonce Noël : le grand repas, la bûche bénie ; le nougat au miel, brun tambour-major de tout un régiment de friandises ; et les bouteilles de clairette jetant leur bouchon au plafond dans une éruption de mousse en perles ; et les poires d'hiver à peau glacée qu'on va, pour le dessert de minuit, chercher avec grand'mère, sur la paille où mûrit la sorbe, dans la bonne odeur du fruitier.

Il annonce aussi, ce printemps d'un jour dont les fleurs faites de cristaux fondent déjà en gouttelettes, il annonce aussi le retour des bons contes à la veillée.

En désirez-vous un, de ces contes ? Il parle de neige et ressemble peut-être un peu trop au Petit Poucet. Je n'y changerai rien cependant et veux vous le conter tel qu'une vieille me le conta, un soir de grand froid, au moulin d'huile, tandis que le fourneau flambait emplissant les yeux de cuisante fumée, tandis que l'âne tournait sa meule, que les hommes poussaient à la barre grinçante du pressoir, et que les femmes, debout devant les grandes *pièles* dressées, recueillaient pieusement, avec des gestes de matrones, la liqueur d'or surnageant sur l'eau.

— La chose, mes enfants, se passait bien avant le temps des consuls ; et c'est l'histoire véridique de la belle Mourette et de Perdigalet.

Vous connaissez le Puy-Pagan, sur la route de Saint-Donnat, près de la chapelle ruinée ?

— Ce rocher roux où il y a des aigles ?...

— Où l'on voit des restes de tours ?...

— Et d'où les gens qui vont aux communaux de Saint-Donnat couper la litière rapportent, à la fin février, de si belles fleurs écarlates ?...

— Ils les cueillent au pied du roc, dans le petit bois qui y verdit ; mais ils les trouveraient bien plus nombreuses et plus belles, là-haut, au milieu des ruines, où les aigles seuls peuvent aller. Des fleurs, mes amis, qu'on n'a vu nulle part ailleurs, des fleurs comme les rois eux-mêmes n'en ont pas ! des fleurs enfin qui sont un peu fées, car elles proviennent en droite ligne, depuis mille et encore mille ans, des jardins de la belle Mourette.

Le château de Puy-Pagan, à l'époque où Mourette vivait, était le plus fort de la contrée. Inaccessible sur son roc et perdu tout au fond d'une forêt immense qu'habitaient les ours et les loups, on ne pouvait y arriver que par de périlleux sentiers emmêlés comme les fils d'un écheveau et connus des seuls propriétaires. L'audacieux qui en aurait rêvé l'assaut était condamné, sans qu'on eût besoin de le repousser par les armes, à périr, son chemin perdu, sous la dent des bêtes ou à rouler dans quelque abîme.

Le père de Mourette, qui s'appelait Bautézar, et descendait du mage de ce nom, ainsi que l'indique sur l'écusson des seigneurs du Puy-Pagan l'étoile à sept rayons qui guida les Trois Rois depuis les pays où naît le jour jusqu'à la crèche, le père de Mourette n'avait jamais voulu que sa fille quittât son château. Elle était si divinement belle avec

ses grands yeux noirs et ses longs cheveux roux,
pareils à ceux des Madeleines, que quiconque l'en-
trevoyait s'éprenait, de sorte que, faisant un choix,
il y aurait eu, par sa faute, dans le pays, trop d'ini
mitiés et de guerres.

Cependant Mourette s'ennuyait, toujours seule
avec son miroir, entre quatre murs, et n'ayant
d'autres distractions que de monter sur la tour la
plus haute pour contempler au loin, par delà la
forêt, la plaine brune ou verte, puis jaune suivant
la saison ; les villes ceintes de remparts, les villages aux cimes des collines : la route sans fin où
passaient les marchands et les cavalcades ; et le
grand fleuve désert que descendait parfois une ga-
lère parée d'oriflammes.

Deux choses pourtant la consolaient de sa jeunesse prisonnière : un coin de jardin creusé dans
le roc vif, — car la terre était rare au château, —
où poussaient d'admirables fleurs couleur de feu
que le premier des Puy-Pagan, arrivant par
mer, avait apportées de Galilée ; et, avec les fleurs,
la compagnie de Perdigalet, le fils du gardien de
la porte, un aimable petit blondin qui l'aidait à les
cultiver.

Quand il eut douze ans, voilà que Perdigalet, —
sans le savoir, pauvre innocent ! — se rendit
amoureux de Mourette. Le vieux Bautezar s'en
aperçut ; et, malgré les larmes de Mourette qui

aimait aussi, mais n'osait le dire, il résolut de faire tuer Perdigalet. « Pourquoi le tuer, si gentil et si blond, soupirait Mourette, ne vaudrait-il pas mieux le perdre ? Une fois en bas du château, dans les bois, peut-être pourra-t-il sauver sa vie ? Mais en tout cas, ne connaissant pas les chemins, il ne pourra plus revenir, et ce sera comme s'il était mort. »

Perdigalet, le brave garçon, avait son idée. Il voulait revenir, au moins une fois, en se cachant, jusqu'à la porte, pour reconnaître le chemin et délivrer Mourette plus tard, quand il se sentirait grand et fort. Et, pendant qu'on le descendait, le long des rochers, pendant qu'on l'égarait à travers bois, dans la nuit noire, Perdigalet allait semant une par une, de petites graines luisantes et dures, les graines des fleurs de Mourette qui, à l'arrivée de la saison mauvaise, avaient défleuri puis grainé. « Je me coucherai dans un arbre, songeait-il, aussitôt que les soldats m'abandonneront, et je me lèverai de grand matin, afin que les oiseaux n'aient pas eu le temps de manger mes graines. »

Mais hélas ! sur nos pays où jusqu'alors il n'avait jamais neigé, pendant la nuit, un tel faix de neige tomba qu'au matin on ne voyait plus la terre et qu'on ne la vit plus de six mois. Perdigalet pleura, comprenant qu'il lui serait impossible de retrouver les graines ni le chemin, et que jamais plus, plus jamais, il ne reverrait Mourette.

Comment Perdigalet tout seul et si petit, sans armes et sans espérance, échappa-t-il au péril du bois ? Par suite de quelles aventures, de quels combats, de quelles prouesses, revint-il un beau jour avec casque et cuirasse, en costume de chevalier ? Voilà qui serait trop long à dire ! Qu'il vous suffise de savoir qu'apercevant au loin sur son roc, par delà l'impénétrable forêt, les tours où languissait Mourette : « Ah ! neige, maudite neige, s'écria-t-il, sans toi je saurais mon chemin et délivrerais aujourd'hui mon amie Mourette, qui est enfermée.

Il avait tort, Perdigalet, grand tort de maudire la neige. Car, étant entré dans le bois, il aperçut au milieu des gazons et des mousses une fleur, puis une autre fleur et ces fleurs d'un rouge magnifique, comme il n'en avait plus revu en aucun pays depuis son départ. étaient les mêmes qui brillaient là-haut, dans le jardinet du Puy-Pagan.

Il comprit alors, le cœur plein d'espérance et de joie, que ces graines sauvées du bec des oiseaux par la neige avaient germé, poussé, fleuri; que pendant son absence, en l'attendant, elles s'étaient multipliées. Et à mesure qu'il avançait, c'était comme un tapis de pourpre qui, se déroulant sous ses pieds, le mena droit jusqu'au château.

— Et puis ?...

— Et puis, mes enfants, il est probable que Bautézar donna son contentement et que Perdigalet épousa Mourette. Mais je vous dirai la fin une autre fois quand vous aurez atteint le sommet du Puy-Pagan en suivant le chemin de Perdigalet, que les fleurs, au retour du printemps, indiquent encore.

Tel fut le conte de la vieille. Et jamais personne ne saura ce qu'il m'a fait user de souliers à clous et de culottes, quand, sur sa foi, aux jours d'école buissonnière, nous cherchions à travers les ronces et les roches, et toujours inutilement, hélas ! malgré la présence des fleurs rouges, le sentier introuvable qui mène au féerique jardin de Puy-Pagan.

UN CHASSEUR DILIGENT

———

Je rencontrai Anseaume hier, dans les Champs-Elysées, au sortir de l'Exposition canine. Sa présence à Paris ne me surprit qu'à moitié: Anseaume est grand chasseur, et qu'il s'agisse d'un mariage de bassets ou d'un essai d'arme nouvelle, rien de ce qui intéresse l'art cynégétique ne lui demeure étranger. Anseaume pourtant me parut triste, il avait le regard mouillé derrière ses sourcils en broussailles, et l'aspect seul de ses moustaches de boucanier eût suffi à révéler les secrets chagrins de son âme, car si la moustache droite retombait toujours magnifique et pleine jusques au-dessus du menton, la moustache gauche, celle qu'il mordille d'un tic obstiné les jours où quelque ennui le préoccupe, se hérissait, déplorablement courte et comme rognée aux ciseaux sur un coin de sourire amer.

Anseaume vint à moi, et me serrant la main à la briser :

— Tu as sans doute appris la nouvelle... On te l'a écrit ?...

Je n'avais pas appris la nouvelle et personne ne m'avait rien écrit ; mais à l'accent désolé d'Anseaume je me mis tout de suite en tête que son frère, malade depuis longtemps, était mort ; et, prenant une physionomie de circonstance, j'essayai consciencieusement de lui broyer la main à mon tour.

— « Le coup a été dur, continuait le brave Anseaume, bien dur ! Pendant un mois, j'en suis resté comme abruti : toujours sombre et seul, ne parlant plus, suivant les murs ; et du goût à rien, pas même à la chasse ! Les amis se sont inquiétés ; ils m'ont conseillé de voyager, de me distraire, et, comme tu vois, me voilà... »

Le désespoir nullement joué de ce géant roux me fit peine ; et je cherchais avec la maladresse d'un homme ému des phrases de condoléance, quand, m'interrompant, il s'écria :

— « Et dire que j'en suis la cause !... dire que c'est moi, de ces mains, qui l'ai empoisonné !

— Mon pauvre ami, eh quoi, tu aurais ?...

— Hélas ! sans le vouloir, avec une saucisse à la strychnine que j'avais déposée près de mes bois du Plan-des-Pères, cet hiver, sur la passée du loup. »

Je ne disais mot, ne m'expliquant pas comment M. Anseaume aîné, homme grave, avait bien pu s'empoisonner d'une saucisse déposée à l'entrée d'un bois. Cependant mon interlocuteur ajouta non sans pousser des soupirs qui, dans l'allée claire que nous suivions, firent neiger sur nos chapeaux, ainsi qu'une féerique neige bleue, les fleurs étonnées des sophoras :

— « Un si bon chien !... Il ne lui manquait que la parole... Et encore, affirma-t-il après un silence, encore la parole, il l'avait !... »

Alors seulement je devinai qu'en ce tragique événement il s'agissait non pas de M. Anseaume aîné, négociant notable, mais de Boréas, un chien étonnant qui, sans avoir précisément le don de la parole comme son maître le prétendait, ne connaissait pas son pareil pour garder une lieue durant dans sa gueule un œuf frais qu'il ne cassait point, et rapporter fidèlement, à défaut de lièvre, un mouchoir, une blague, ou même un caillou marqué d'une croix.

Car — on peut le dire à présent qu'il est mort — je ne crois pas qu'en sa longue carrière de chien, Boréas ait jamais flairé poil ni plume. L'envie ne lui en manquait sans doute pas, non plus qu'à son maître ; mais ils étaient du midi tous les deux, et chacun sait que dans le midi chiens et chasseurs se sont acquis une telle réputation d'adresse que les lièvres et les perdrix ont depuis longtemps pris le parti d'émigrer, et que les oiseaux de passage préfèrent faire un grand détour en traversant l'Europe plutôt que de se hasarder dans des contrées inhospitalières où les guette un trop sûr trépas.

Et tenez, puisque la rencontre d'Anseaume a réveillé mes souvenirs, je me permettrai de raconter une aventure où j'eus part, et qui donnera une idée de la façon dont les Provençaux en général et mon ami Anseaume en particulier pratiquent la chasse.

J'étais alors en rhétorique ; c'est vous dire que je nourrissais à l'endroit d'Anseaume, âgé plus que moi de dix ans, une admiration sans bornes. Ses souliers ferrés et ses guêtres, ses vestes de velours relevées de boutons à tête d'ours, de cerf, de sanglier, et portant dans le dos, en guise de poche-carnassière, une double caverne capable de contenir une charretée de gibier, son fusil à culasse perfectionnée, ses coiffures de forme anglaise, son air discret en parlant chasse, le mystère dont il entourait ses expéditions et ses prises, tout jusqu'à sa manière de siffler Boréas par les rues, faisait pour moi d'Anseaume le pur idéal du chasseur. Aussi, figurez-vous ma joie l'après-midi où Anseaume m'arrêtant :

— « Viens-tu coucher au Plan-des-Pères. Nous souperons d'une truite et d'un arrière-train de chevreau que la fermière a préparés ; et je te montrerai en chemin comment on s'y prend pour cueillir un lièvre. »

Anseaume ne disait pas « j'ai tué un lièvre » ; il disait « je l'ai cueilli », voulant indiquer par là la précision scientifique de ses méthodes de chasse. Il disait encore « un lièvre m'attend dans tel vallon, au pied de telle touffe de romarin ou de genêt ; seulement il ne sera mûr que dans huit jours. »

Les mauvaises langues du pays prétendaient bien que les lièvres d'Anseaume ne mûrissaient jamais. Mais j'étais dans l'âge de la candeur et de l'enthousiasme, et j'attribuais à la seule envie d'aussi basses insinuations.

Je dois avouer pourtant que ce jour-là le lièvre en question ne se trouvait pas mûr ou qu'il lui répugnait extraordinairement d'être cueilli, parce que nous eûmes beau parcourir la plaine et les coteaux, lancer Boréas dans tous les taillis et fouiller tous les buissons à coups de pierres, nous n'aperçûmes pas la queue du lièvre.

— Bah ! ce sera pour demain matin, et nous le pincerons au gîte. La vraie heure du lièvre, vois-tu, c'est quand, sentant les premiers rayons, il secoue ses oreilles grises à ras du sol pour faire tomber la rosée.

Ainsi parlait, se répandant en projets pitttoresques, mon ami Anseaume tout à fait ragaillardi par le petit vin à fumet schisteux dont nous arrosions largement l'arrière-train de chevreau rôti. Et le moment du repos venu :

— Surtout, dit-il à la fermière, surtout n'oubliez pas de me faire réveiller avant l'aube, comme d'habitude.

— Oui, monsieur Anseaume, comme d'habitude ! répondit la fermière avec un sourire doucement narquois qui me revint plus tard, mais que d'abord je ne remarquai point.

Toute la nuit, je rêvai lièvres, lièvres énormes que Boréas, des quatre coins du pays, rapportait sanglants dans sa gueule et qu'Anseaume, après avoir rechargé le fusil, enfournait impassiblement au fond de sa poche de derrière, devenue grosse comme une montagne.

Quand arriva le matin, un coup de feu — réel ou bien entendu en rêve, je l'ignore — me secoua, et je sautai à bas du lit, m'imaginant qu'Anseaume était parti déjà et qu'il cueillait le lièvre sans moi.

Mais non ! de la chambre à côté, un ronflement

sortait régulier et sonore, et j'y trouvai le brave Anseaume en train de dormir tout vêtu.

— « Anseaume, Anseaume, monsieur Anseaume !

— Qui va là ? Présent !

— Il fait déjà clair, monsieur Anseaume, et comme je crois que la fermière..

— Mais oui, il fait clair, coquin de sort!... Pourvu que le lièvre ait attendu. Et te voilà encore en chemise? Il fallait dormir sous les armes, dormir d'un seul œil, comme moi. Vite! une goutte de cognac, et qu'on se culotte... le temps presse! »

Tandis que je me hâtais, un peu honteux de ma paresse, Anseaume, du haut du perron, apprêtait les carniers et faisait jouer la bascule des crosses tout en considérant avec d'étranges froncements de sourcils et une moue d'inquiétude mal dissimulée l'horizon qui se colorait de plus en plus.

— Serions-nous en retard pour le lièvre, monsieur Anseaume?

— Eh! c'est bien le lièvre qui m'inquiète...

Déjà vers l'orient de vagues reflets roses couraient à la crête des montagnes, puis de grands trous d'or s'ouvrirent dans la brume; puis les rayons de l'astre encore invisible se déployèrent comme un éventail vermeil qui couvrit la moitié du ciel... Anseaume était superbe à voir, immobile et debout sur les flamboiements de l'aurore.

Anseaume tout à coup, poussant un juron formidable :

— Coquin de bon sort...! Qu'est-ce qui se passe là-bas?

J'accourus.

« Mais qu'est-ce que c'est donc que ça? Un volcan? Ou plutôt la ville qui brûle! »

En effet, un globe de feu montait majestueusement derrière les murs de la ville au grand effroi du brave Anseaume, chasseur diligent, qui, à trente ans passés, n'ayant pas encore eu, paraît-il, occasion d'observer si rare spectacle, prenait ingénument le lever du soleil pour un incendie!

Ce qui ne l'empêcha pas, l'autre jour, aux Champs-Élysées, d'ajouter en manière de péroraison à son éloge funèbre de Boréas :

— « Pauvre Boréas! te rappelles-tu comme il était triste le matin où, t'étant réveillé trop tard, tu nous fis rater un lièvre au gîte? »

———

VILLÉGIATURE

Les a-t-on assez plaisantés, ces malheureux Français du Midi, sur leur façon de comprendre la campagne? A-t-on assez reproché au Marseillais l'innocent plaisir qu'il éprouve à passer ses heures de loisir dans un cabanon sans ombre et sans eau autour duquel, de l'aube à la nuit, sonnent les cigales exaspérées?

Le Marseillais sourit et passe, estimant, lui, fils de Phocée, que trop de verdure nuit parfois aux lignes grecques d'un paysage, et vraiment heureux lorsque, entre deux pinèdes dont les pics tordus laissent s'égoutter la résine, deux coteaux plantés de maigres oliviers dont les feuilles s'argentent au vent qui passe, ou même entre deux roches blanches et vêtues de rien du tout, c'est-

à-dire vêtues d'un splendide manteau de lumière,
il peut, par la brèche d'une calanque, apercevoir
au loin, sous le ciel d'un bleu fixe et dur, l'azur
mobile de la mer.

Et le platonisme de nos chasses? Et la vantar-
dise de nos pêches? S'en est-on, là-dessus, donné
à cœur joie? Comme s'il était nécessaire d'aller à
Marseille pour rencontrer des chasseurs qui ne
tuent rien et des pêcheurs imaginatifs qui, chaque
fois qu'une ablette casse leur crin, croient avoir
manqué la baleine.

L'homme se ressemble partout. Pour lui, à
Paris comme à Marseille, en fait de chasse ou
d'amour, de pêche à la ligne ou de gloire, la
réalité compte peu, et ce qui importe, c'est l'illu-
sion.

Mais arrivons à notre sujet, et laissons Marseille, puisqu'il s'agit de Parisiens.

Depuis longtemps, La Dieuville, un vieux cama-
rade, me disait : « Viens donc me voir un jour à
mon castel des Cressonnières ; c'est assez difficile
à trouver, passé Garches, au milieu des bois. Mais
les cantonniers me connaissent, ils t'indiqueront
le chemin ».

Les Cressonnières! Ce nom à lui tout seul
semble une description ; et je me promettais par
avance, près d'une maisonnette au perron disjoint,
une source en pleurs parmi la mousse, puis de-

venue petit ruisseau, puis subitement élargie et se donnant des airs d'étang sous une nappe d végétations vertes où parfois creuse un trou, lent à se refermer, le saut fugitif d'une grenouille.

Eh bien, non : ce n'était pas ça !

Figurez-vous, en plein bois il est vrai, mais dans un endroit pelé par exception et totalement dépourvu d'arbres, figurez-vous une bâtisse basse, à un seul étage, tant bien que mal débarbouillée, au lait de chaux. Tout près, s'ouvrait une carrière à sable, obstruée de chardons et de ronces. Des poiriers mal peignés, des groseilliers sans fruits. Des plates-bandes, criant la soif par les mille trous de leur argile desséchée, où quelques tournesols demeurés vivaces au milieu des autres fleurs expirantes donnaient à l'ensemble l'air particulièrement terne et désolé d'un jardin de garde-barrière.

— Comment] trouves-tu ça ! fit La Dieuville. — Pittoresque, mais un peu nu. — N'importe ! je ne m'y ennuie point ; la sauvagerie du lieu plaît à mon âme. — Et c'est ce qu'on appelle les Cressonnières ? — Oui, sans doute, par antiphrase, car à quatre kilomètres à la ronde, je te défie de trouver ni un trou mouillé, ni une fontaine où puisse verdir le cresson. »

Sur quoi, m'ayant offert un cigare, La Dieuville

daigna me faire admirer en détail ce domaine exigu et ses horizons misanthropiques.

Cependant, hanté par les idées de fraîcheur qu'avait évoquées en mon esprit ce maudit nom des Cressonnières, j'éprouvais le besoin de voir un peu d'eau.

— Quelque chose brille là-bas, au pied des coteaux, à travers les arbres. — Ce ruban d'argent ? c'est la Seine ; on peut y descendre par la Jonchère, en côtoyant les étangs de saint-Cucufa. — Alors, allons aux étangs, allons à la Seine... — Nous irons puisque tu le veux, soupira la Dieuville, on est pourtant si bien ici ! Mais avant de partir, il faut que j'arrose. »

Avec quoi diantre arrosera-t-il ? me disais-je fort intrigué, je n'aperçois pas même de citerne.

La Dieuville souriant, remontait déjà de la cave, un siphon dans chaque main, un sous chaque bras.

« — Que penses-tu de l'invention ? Tu ne saurais croire combien c'est commode. »

Or, devinez ce que faisait la Dieuville ?

Par petits jets secs, parcimonieusement, mais en conscience, La Dieuville, agronome ingénu, arrosait ses fleurs d'eau de seltz.

Près de l'étang de Cucufa, bordé de grands roseaux que la brise emmêle, et pareil, sous sa floraison de nénuphars, à un ciel de cristal in-

crusté d'étoiles d'argent, La Dieuville me dit tout
à coup :

— « En faisant un petit crochet nous pourrions
rencontrer peut-être Prosper Marius et Pontalais.
— Ils habitent donc par ici ? — Oui ! ils ont loué
quelque chose à mi-côte, entre La Celle et Bou-
gival. Pêcheur et chasseur, chacun d'eux peut
ainsi suivre son plaisir sans gêner l'autre. »

Le hasard nous servit.

A ce moment un solide gaillard à barbe rousse
débouchait d'un sentier sous bois. Le vrai type
ataviquement conservé de ces hommes aux yeux
clairs, aux cheveux dorés, qui joyeusement, dans
les antiques forêts de Gaule, attaquaient l'auroch
avec l'épieu. Il avait des souliers ferrés, de fortes
guêtres, et marchait suivi d'un grand chien.

— « C'est Pontalais ! regardons-le faire. — Je
ne lui vois pas d'armes, comment chasse-t-il ? —
Il a un fusil à vent dans sa canne. »

Chasse étrange ! le chien venait de tomber en
arrêt devant la grille d'une villa. Pontalais, avec
des précautions de Peau-Rouge, s'approcha de la
grille, visa au travers des barreaux, tira... Nous
entendîmes un bruit clair comme celui d'un verre
fêlé.

— « Et de quinze ! » s'écriait Pontalais qui,
nous ayant aperçus enfin, venait de notre côté, les
mains tendues.

— « Quinze quoi ?... » lui demandai-je avec quelque curiosité.

— « Quinze de ces boules étamées dont la bourgeoisie parisienne a coutume de déshonorer les pelouses de ses jardins. Je suis chasseur, comme tu sais. Mais pas moyen de chasser ici, toutes les forêts étant louées par de gros banquiers allemands. Alors, l'idée m'est venue de me rattraper sur les boules. J'en ai déjà détruit pas mal : les gens de goût me sauront gré de la chose... Ce genre de chasse est à la fois hygiénique et humanitaire... On s'y intéresse, on s'y passionne... Mais chut ! voilà Phanor qui reprend la piste. Nous nous rencontrerons tout à l'heure au bord de l'eau.

Il me restait à voir Marius.

Nous le trouvâmes à droite du pont, les pieds pendants, assis sous un saule. Un attirail complet de pêcheur était étalé près de lui, dans l'herbe. Grave, attentif, silencieux, sans se laisser distraire par les bouffées de musique que lui envoyait le bal voisin, ni par les railleries dont le saluaient en passant les canotiers aux bras nus, aux tricots voyants et multicolores, il jetait à l'eau, l'une après l'autre, des fèves bouillies que, de seconde en seconde, il tirait d'un petit sac mystérieux.

« Salut, Marius ! ça mord-il ? — Vous voyez bien que je ne pêche pas. — Alors tu appâtes ? —

— Appâter? moi ! Il n'y a que les ignorants en pêche qui appâtent. Le poisson appâté n'a plus faim, et n'ayant plus faim, il ne mord pas. — En effet, le raisonnement me semble clair.

Marius, flatté, me mit son sac de fèves sous le nez. Ces fèves répandaient une odeur amère et fétide.

— « Qu'est-ce que c'est que ça ? — Ça, mon vieux, c'est tout simplement des fèves bouillies dans une décoction d'aloès... Avec ça, au lieu de gaver le poisson, je le purge !... Et tu devines avec quelle fringale les brochets, les barbillons et les carpes vont se réveiller demain au petit jour... C'est naturel, n'est-ce pas? Eh bien, personne n'y avait jamais songé... Depuis que cette idée m'est venue, je fais des pêches étonnantes. Aussitôt jeté, aussitôt tiré ; les poissons dévorent mes lignes. Tu ris? demande plutôt à Pontalais, demande plutôt à La Dieuville. »

Mais La Dieuville, inquiet, songeait à retrouver ses siphons d'eau de seltz et ses fleurs ; Pontalais, impatient de se remettre en chasse, ne voulait pas laisser passer l'heure propice, celle où les boules étamées s'allument aux rayons rouges du couchant.

Je demeurai donc seul avec Marius, le long du fleuve, à purger les carpes.

Et tout heureux d'avoir découvert près de

Paris un pêcheur si génialement inventif, un si fantaisiste chasseur, un si chimérique agronome, j'oubliais la tache originelle, et me consolais presque d'être du Midi!

———

UNE DROLE DE CHASSE

Je voudrais être ce chasseur!

— Quel chasseur ? — Vous le connaissez : il est
gras, bien en point, la figure cuite comme une
brioche, l'œil droit, celui qui vise ! grand ouvert,
l'œil gauche toujours à demi cligné, par suite de
la longue habitude; sous son nez en canon de fusil,
véritable nez de chien courant, une paire de
moustaches tombantes, tirant les joues, des moustaches en or massif d'un lourd, oh! mais d'un
lourd ! à les envoyer à la Monnaie pour les fondre,
un jour de désastre. Il porte des jambières en cuir

jaune, bien lacées, dessinant le muscle, et une
casquette en cuir bouilli (les chapeaux s'attardent
aux branches!). Sa culotte en *peau de diable*,
indéchirable, peut braver la griffe des ronces; ses
souliers, taillés dans la dépouille d'un crocodile,
ont des semelles hautes comme un quai, larges
comme une promenade; sa veste en velours fauve,
couleur du pelage, pour ne pas effrayer la bête
sous bois, est percée de poches innombrables fer-
mées par d'innombrables boutons que décorent,
en bas-relief, des représentations de chasses hé-
roïques : sangliers coiffés, cerfs faisant tête. Ajou-
tez la carnassière avec son filet de ficelle blanche,
le sac à plomb, la poire à poudre et le fusil nouveau modèle, fabriqué exprès à New-York, partant tout seul et ne se chargeant ni par la gueule
ni par la culasse.

Ainsi équipé, il arrive au café et s'installe :
— « Garçon, une absinthe! — Voyez terrasse! »
Comprend-on ça? Il allait faire l'ouverture, il a
manqué le train, toujours la même chose!... Pas
étonnant d'ailleurs, avec le mauvais vouloir des
compagnies! Il gronde, on s'empresse, l'établisse-
ment est plein de sa gloire... Je voudrais être ce
chasseur!

Non que j'éprouve le désir cruel d'aller troubler
sous les hauts genêts piqués d'or le repos somno-
lent des lièvres, de prendre pour cible le derrière

blanc d'un lapin filant dans son terrier sablon-
neux, ni de mitrailler la perdrix qui chante entre
deux sillons, ou la grive qui, sans souci du phyl-
loxera, s'ivrogne gaiement à l'ombre des pampres.
Tuer des bêtes? Dieu m'en préserve! je crois que
j'en élèverais plutôt.

Mais il me serait doux, je l'avoue, vêtu en chasseur et le train manqué, de m'asseoir ainsi, devant
ce café, la pipe au bec, mon arme sur le genou
gauche. Et là, laissant de minute en minute
s'échapper de mes lèvres : (*Peuh!*), en même
temps qu'un petit nuage bleu, l'expression de ma
supériorité satisfaite, je vous dirais :

— (*Peuh !*). On les connaît toutes, vos histoires
de chasse, et l'on va (*Peuh !*) vous en conter une
qui sans doute vous étonnera. Elle est authen-
tique, je la tiens de mon grand-père, brave
homme, grand chasseur, et qui ne mentit jamais.

Voici donc comment on chassait l'ours chez
nous il y a environ cinquante ans, quand il y
avait encore des ours dans les petites Alpes. Ne
vous attendez à rien d'émouvant ou d'héroïque.
Décrire le monstre velu, ses grandes dents, ses
longues griffes, peindre une lutte corps à corps, le
pourpoint de buffle déchiré, l'éclair du couteau,
le sang coulant rouge sur la neige, tout cela, certes! serait facile si je voulais broder tant soit
peu; mais mon grand père n'avait pas d'imagina-

ion, et je ne fais que répéter le naïf récit de mon grand'père.

Singulière chasse tout de même que cette chasse à la paysanne sans couteau, pique ni fusil, chasse où le chasseur se contente de donner une corde au gibier en le priant de s'exécuter lui-même.

— Un peu fort, par exemple! — Pas du tout, simple comme bonjour, au contraire; seulement n'interrompez pas!... Je commence l'histoire.

On devait chasser l'ours. Mon grand'père, invité, avait apporté son fusil, naturellement. Les paysans lui dirent : « La poudre coûte cher et le plomb abîme la peau; mieux vaut avoir la bête sans toutes ces manigances.

— Mais cependant?... — Attendez donc, sapristi! »

Les paysans savaient bien ce qu'ils voulaient faire. Ces sacrés montagnards provençaux, fins comme l'ambre sous leur veste d'épais cadis, avaient de temps immémorial constaté deux choses : *primo* que l'ours est à la fois raisonneur et têtu; *secundo*, qu'il aime par-dessus tout déjeuner de poires bouillies. Il s'en régale volontiers sur l'arbre, en les croquant toutes crues, quand il ne peut pas faire autrement; mais cuites au miel, il les préfère.

On avait donc préparé à l'ours en question un grand plat de poires au miel, et disposé le plat, à hauteur de museau, dans le creux d'un vieux poirier sauvage où l'animal avait coutume précisément de venir chaque matin, au lever du jour, s'aiguiser l'appétit de quelques poires vertes.

Un nœud coulant pendait devant l'ouverture du tronc...

— Un nœud coulant ? Tiens, la belle malice !
— Patience, vous verrez tout à l'heure si c'est malin.

Je disais un nœud coulant attaché par le bout à une forte bûche, assez lourde pour gêner l'ours une fois qu'il l'aura traînante à son cou, pas assez pourtant pour qu'elle l'étrangle.

Cela fait, tout le monde s'était assis, et l'on s'était mis à fumer des pipes.

Au petit jour, chose prévue ! l'ours apparut, sortant d'un petit bois. Il marchait lentement et s'étirait parfois, comme quelqu'un qui se réveille. Arrivé à l'arbre, il s'arrêta, regarda les branches, renifla dans le creux ; évidemment il se disait :
— Qui diable a pris soin de me faire cuire mes poires ? Puis, ayant sans doute réfléchi que les poires cuites valent beaucoup mieux que les crues, il se décida à faire honneur, sans plus de manières, au déjeuner succulent que lui servait ainsi la providence des ours.

Quand ce fut fini, il se lécha ; puis il prit le trot vers le torrent qui coulait par là, pour aller boire.

La bûche, comme on le devine, se mit à courir derrière lui, à bout de corde. L'ours revint trouver la bûche et grogna. Dans son langage d'ours, cela voulait dire : « Tu m'ennuies ! » Puis, persuadé que la bûche avait compris, il reprit son trot interrompu. La bûche le suivit encore. — Attends un peu, si c'est comme ça, je vais te tracer du chemin ! » Et quittant le trot, cette fois, il partit gaiement au galop. La bûche le suivait à la piste, rasant les buissons, fauchant les herbes, se heurtant aux arbres, aux rochers, et dessinant dans l'air des bonds formidables. L'ours s'arrêta, souffla, parla à la bûche de nouveau, la fit rouler de droite et de gauche avec ses pattes, puis s'assit d'un air méditatif et ennuyé, cherchant ce qu'il fallait faire pour se débarrasser d'un si importun personnage.

Enfin, il se frotta les pattes comme pour dire :
— J'ai trouvé !

L'ours, en effet, avait son idée : une idée d'ours ! comme on va voir.

Il prit la bûche dans ses bras et se mit à la porter, marchant gravement sur ses pattes de derrière. Il traversa dans cet attirail un bois, une plaine, une rivière ; tout le village le suivait. Il rencontra un puits, regarda dedans et passa : le puits n'était pas assez profond pour ce qu'il voulait faire. Un talus crayeux terminant le plateau parut l'engager davantage ; après réflexion, il renonça au talus : la pente était un peu trop douce, et la bûche pourrait remonter.

Enfin il trouva un endroit admirablement propre à tuer la bûche.

C'était un précipice à pic, haut de cent pieds, au fond duquel un torrent grondait.

— Bon voyage ! eut l'air de dire l'ours en lançant la bûche.

La bûche partit, la corde du nœud coulant se tendit, et l'ours, probablement étonné, dégringola tête première.

Me cramponnant à un grand buis (c'est mon grand-père qui parle), je regardai. L'ours n'était pas mort ; il remontait à travers les rochers, éclopé quelque peu, du sang aux naseaux, mais obstiné dans son idée et portant dans ses bras la bûche qu'il comptait précipiter de nouveau. Trois fois il la précipita, le village était dans la joie. A la quatrième fois...

Mais en voilà assez : je vous vois rire !

Le chasseur, lui, raconte ses histoires et on ne rit pas. Il en impose avec son teint de brique, son œil cligné, son nez en canon de fusil, sa moustache. Il a un sac à plomb, une poire à poudre et un fusil ; une veste de velours à boutons ornés, des culottes en peau de diable, des souliers en crocodile, une carnassière et des jambières. Il prend son absinthe ayant manqué le train ; la caissière lui sourit, un chien vient le flairer, les gamins du patron, les doigts dans le nez, le contemplent.

Je voudrais être ce chasseur !

LA LANGOUSTE

Depuis huit jours on ne célèbre que les chasseurs, c'est injuste. Me sera-t-il permis de rappeler ici l'existence parallèle des pêcheurs, caste plus modeste quoique puissante dans Paris, taciturne comme le poisson qu'elle pêche, n'affectant pas d'allures guerrières, mais qui, sous ses dehors volontairement effacés, cache, elle aussi, de vrais héros aux âmes hautaines et passionnées ?

Car toute passion indique grandeur, et l'humanité, heureusement, est ainsi faite que la poursuite, à travers les ondes frissonnantes, d'une carpe et d'un barbillon met en mouvement des sensations sublimes à l'égal de celles qu'éprouve par exemple un général au matin de la bataille ou même le chasseur lorsque, épaulant, prêt à tirer, il essaie, seconde suprême! de raffermir son courage, un instant troublé, devant le départ impressionnant et brusque d'une compagnie de perdreaux.

Pour mon compte, je n'ai droit qu'au titre considérable déjà de pêcheur honoraire.

Disciple indigne, trop tard initié à l'art sacré, je n'en connais guère que les plaisirs extérieurs, les joies, si j'ose m'exprimer ainsi, marginales. C'est-à-dire : le plaisir de descendre, dans la paix et la fraîcheur, une rivière dont le cristal reflète l'azur uni du ciel et le frisson verdoyant des berges, aux heures tranquilles de l'effet, aussi justement recherchées des pêcheurs que des paysagistes ; la joie, tout seul sous la saulaie, pendant que les camarades amorcent, d'écouter, répercutés sur l'eau, les vagues appels des mariniers, le bruit du battoir des laveuses, et le cri bref de ce martin rouge et bleu qui, par-dessus les joncs du petit bras, file en flèche d'une rive à l'autre.

Mais je fréquente des pêcheurs qui pêchent, ceci me permet de parler.

Deux surtout : Nestor, qu'il ne faut pas confondre avec le pénétrant et délicat moraliste dont *Gil Blas* publie les chroniques, mon ami Nestor et Levoir : le premier, pêcheur dans le sang, le second, moins naturellement convaincu, mais faisant son possible pour l'être.

J'eus l'honneur de me lier avec eux dans des circonstances assez pittoresques.

Il y a de cela quelques années, flânant à travers bois, la brise m'apporta comme un son de cor au lointain. Je prêtai l'oreille, mais le cor se tut. Quelques instants après je l'entendis encore. Et je me mis à marcher dans la direction de ce cor mystérieux qui sonnait ainsi par intervalles.

Etait-ce l'assemblée des fées ? Ou bien allais-je voir passer, chatoyante entre les bouleaux, sur le fond d'or des mousses et des feuillages rouillés par l'automne, quelque rapide chevauchée de châtelaines chasseresses.

Grande fut ma surprise quand, arrivé sur les bords d'un étang, près d'un moulin à l'abandon dont la roue sommeillait envahie par les herbes, j'aperçus deux hommes occupés à la moins prévue des besognes.

L'un avait la ligne et pêchait ; l'autre portant un cor, le poing fourré dans le pavillon, les lèvres prêtes à souffler, attentif, le regardait faire. Et chaque fois que l'homme à la ligne enlevait un poisson, l'homme au cor sonnait une triomphante fanfare. La pêche à courre, pourquoi pas ?

C'était Nestor qui, donnant une leçon à Levoir,

alors néophyte, lui avait permis un peu de musique en manière de distraction.

Car Nestor n'est pas de ces pêcheurs qui, lorsqu'ils pêchent, veulent qu'autour d'eux règne le silence de la tombe, Nestor sait que le poisson, indifférent aux bruits de l'air, ne s'effraie que de ceux qui se propagent dans l'eau. On peut donc avec lui, tout en amorçant, causer, chanter, rire et jouer du cor au besoin ; pourvu que vos pieds ne frottent pas trop fort sur le fond en planches du bateau, Nestor se déclare satisfait.

Ceci par raison, non par faiblesse. Nestor, au contraire, apporte dans les questions de pêche une énergie implacable et froide qui va parfois jusqu'à la cruauté. Je ne l'en blâmerai point : comme la politique, la pêche a sa raison d'Etat.

Un jour, Nestor et Levoir, devenu son inséparable, roulaient en wagon vers un village peu connu, mais en revanche traversé par une rivière ultra-poissonneuse qu'ils s'étaient promis de dépeupler.

Rien dans leur costume ne les dénonçait comme pêcheurs : Nestor aime peu qu'on le remarque. Les bouts de roseaux et les scions, enveloppés d'un morceau de lustrine verte, se dissimulaient modestement. Les lignes en crin, celles en racine, enroulées sur les dévidoirs, avec leurs hameçons de rechange et leurs flotteurs multicolores, l'indispensable plomb de sonde, la baguette fourchue qui sert à décrocher le poisson ferré trop avant, étaient également cachés dans une trousse assez semblable à une cartouchière que Nestor portait en sautoir.

Ils allaient ainsi sans parler : Nestor calme à son ordinaire. Levoir légèrement inquiet.

Voici pourquoi Levoir était inquiet.

Il s'agissait précisément d'expérimenter ce jour-là un appât dont le secret, prétendait Nestor, venait d'être par lui retrouvé dans un antique manuscrit de la Bibliothèque nationale.

Avec cet appât, d'une portée et d'une puissance incomparables, chevesnes, perches et gardons sollicités à plusieurs kilomètres de distance jusqu'au fond des excavations et des falaises à l'abri desquelles ils ont ordinairement coutume de fuir la lumière du jour, devaient remonter en partant de l'embouchure, et descendre en partant de la source, par bancs de plus en plus voraces et serrés jusqu'au point précis de la rivière où les attendait l'hameçon. Et c'est pour la confection du susdit appât maintenant fourré sous la banquette, que Nestor et Levoir, patients comme des alchimistes, avaient passé toute leur nuit à triturer des drogues bizarres et mal odorantes.

Au départ, Levoir s'était bien hasardé à dire :

— Si, par rapport à l'appât, nous montions avec les fumeurs ?

Mais Nestor, dédaigneux :

— C'est ça ! pour que mes vers de vase, mes asticots et mon blé cuit empoisonnent la nicotine !

Et Levoir, comme toujours, avait cédé.

Or, depuis quelques minutes, dans le compartiment secoué par la marche du train et surchauffé par le soleil, se répandait une odeur indéfinissable. Les dames, sortant leur mouchoir, baissaient la glace des portières ; les hommes s'entreregardaient avec des airs méchants et réciproquement soupçonneux.

Mais les vasistas avaient beau s'ouvrir, engouffrant à torrents avec le courant d'air du train, les effluves des forêts et des plaines successivement traversées, l'odeur n'en persistait pas moins, aggravée plutôt et de plus en plus cruelle aux narines.

Levoir songeait : — Allons bon ! voilà que notre appât travaille... Nestor clignait de l'œil et semblait lui répondre : — Laissons faire, l'appât n'en sera que meilleur.

Cependant l'odeur était devenue physiquement intolérable. On parlait de faire des fouilles. Comment sauver l'appât précieux ?

Nestor paya d'audace :

— Je ne comprends pas, s'écria-t-il, que, par une chaleur pareille, des gens trimballent en chemin de fer des langoustes à ce point avancées !

En même temps, cynique, il désignait du regard à l'indignation de tous une pauvre petite vieille portant sur ses genoux un panier d'où sortaient, en effet, deux longues antennes.

Interpellée ainsi, la petite vieille ouvrit son panier.

— Mais elle est fraîche, ma langouste; je l'ai achetée vivante aux Halles il n'y a pas trois heures. Elle marchait, sa queue battait.

— Parbleu! le tour est connu, ma bonne dame. On vous aura changé la langouste en la faisant cuire.

La langouste évidemment fraîche était superbe à voir sous sa cuirasse écarlate, et la vieille enfantinement émue, avec son bonnet à coques roses et ses légers frisons d'argent, soupirait: — Mon Dieu, quel malheur! et moi qui l'avais payée six francs, oui, six francs, pour faire une surprise.

Ceci eût probablement attendri un tigre, mais Nestor ne s'attendrit pas.

Nestor tranquillement prit la langouste, la flaira, puis, avec une grimace de dégoût, la fit circuler de main en main dans l'assemblée.

Suggestionnés par sa volonté, hypnotisés par son regard, tous répétèrent la grimace, et la vieille dame elle-même ne put s'empêcher de dire:

— C'est pourtant vrai, je n'y comprends rien, elle a comme une légère odeur.

— Légère? Je vous crois. Flanquez-moi donc votre langouste par la portière, avant que tout le train ne soit asphyxié.

Et la vieille dame, soupirant toujours : « Quel malheur ! » s'apprêtait à flanquer sa langouste par la portière, lorsque Levoir, pris d'un remords tardif, la retint.

— Attendez, madame, tout bien réfléchi, c'est peut-être de notre boîte...

Nestor roulait des yeux terribles.

— Voyons, Nestor, nous pouvons avouer, puisque le train arrive en gare. Voici ton appât, c'est l'important !

Nestor pardonna, mais non sans protester :

— Alors, pour une misérable langouste, s'il nous avait fallu aller une station ou deux plus loin, notre journée se trouvait perdue ?

Et, haussant les épaules, il ajouta :

— Ecoute, Levoir, un conseil : dès aujourd'hui, renonce à taquiner l'ablette ! Avec tes sentimentalités imbéciles, tu n'auras jamais l'âme d'un pêcheur !

CHIEN D'AVEUGLE

—

— Monsieur ! hé, monsieur !...

Je me retournai à cet appel jeté d'une voix hésitante, et je vis debout au milieu de l'herbe un vieil homme qui battait l'air de son bâton.

— Excusez-moi, monsieur, continua le vieil homme, mais je suis aveugle et depuis plus d'une heure que me voilà à cette place, vous êtes le premier dont j'aie entendu le pas dans les cailloux.

Des cinq ou six cours ou boulevards qui, plantés sur les anciens fossés, font une ceinture verdoyante aux remparts croulants de la ville, le boulevard des Lices — avec son triple rang d'ormeaux bossus d'où l'été pleuvent d'énormes chenilles et ses allées envahies par une herbe épaisse au travers de laquelle l'habitude des rares passants trace à la longue un réseau d'obliques raccourcis — était certes le plus solitaire.

En outre, le voisinage du cimetière alignant là-bas ses cyprès, une cahute peinte en rouge, jadis demeure du bourreau, et deux maisons toujours étrangement closes, mais qui, le soir, allument dans l'ombre — phares de quelque artilleur ivre — une double lueur de vers luisants, laissaient planer sur ce quartier une inquiétante renommée. Les promeneurs bourgeois l'évitaient, préférant d'ailleurs, par simple goût, l'avenue correcte, toute neuve, qui mène du pont à la gare ; et je ne m'étonnai point qu'un malheureux aveugle échoué là fût resté longtemps sans trouver personne à qui parler.

Cependant, l'aveugle me demandait si je connaissais le pays, et, sur ma réponse affirmative, il me pria de le conduire à la fourrière aux chiens.

La fourrière, en effet, n'était pas loin ; et j'avais tort de l'oublier dans la liste des établissements plus ou moins répugnants et louches qui sont l'ordinaire décor de nos suburres provinciales.

Chemin faisant, l'aveugle me raconta son aventure.

Chercheur de pain par métier (hors de Paris les aveugles n'en exercent guère d'autre), l'avant-veille, en compagnie de son chien qui souffrait de la chaleur, lui aussi, et tirait la langue, il avait eu l'idée de se rafraîchir en passant devant un cabaret modeste où l'on vend un petit vin gai qui a goût de raisin et ne coûte pas cher. « Si pauvre qu'on soit, on peut avoir soif quand on court depuis le matin de ferme en ferme, dans la poussière des grandes routes. »

Malheureusement, il s'était endormi, et des vauriens avaient profité de son sommeil pour couper la laisse du chien et l'emmener. « Car ils l'ont emmené, Monsieur, emmené de force ; de son plein gré, la brave bête ne m'eût pas quitté pour les suivre... Un si bon chien, monsieur !... Je l'appelais Bourriquet en manière d'amitié et parce que des fois, dans nos discussions, quand il se mettait en tête de me conduire où je ne voulais pas aller, il était têtu autant qu'un homme. »

Bref ! le cantonnier avait vu trois particuliers assez mal mis, à mines de gueux de faubourgs qui, en riant comme après un mauvais coup, traînaient un chien mouton du côté de la ville. Et comme resté seul notre homme se désespérait, des rouliers avaient consenti à lui faire une place sur leur voiture. Aussitôt arrivé, il s'était informé un peu partout. Des gens lui dirent qu'en effet un chien effaré, sans collier, ayant tout l'air d'un chien d'aveugle, courait les rues. Il cherchait ainsi Bour-riquet depuis deux jours, et Bourriquet no se retrouvant pas, quelqu'un venait de lui conseiller de s'adresser à la fourrière. « Je n'en savais rien, monsieur, il paraît que c'est un endroit où l'on enferme les chiens sans maître. On les tue, comprenez-vous ça ? s'ils ne sont pas réclamés dans les vingt-quatre heures. Pourvu que Bourriquet n'y soit pas d'hier ! Mais Bourriquet est fin, il ne connaît que moi, et le gaillard ne se sera pas laissé prendre si vite. »

L'aveugle marchait, parlant toujours, cherchant à s'étourdir, à se tromper lui-même ; mais je voyais bien qu'au fond de l'âme il était fort inquiet du sort de Bourriquet.

A mesure que nous approchions du but, sa parole se faisait plus émue et il devint soudain tout pâle, quand m'arrêtant, je dis : « C'est là ! »

Cette bâtisse était sinistre, et son aspect, s'il avait pu le voir, eût achevé de désespérer le pauvre homme. Une petite cour précédant une tour ronde, qui jadis avait sans doute fait partie des fortifications. Sur la porte, une inscription en lettres noires : *Fourrière des chiens*. Et les chiens en entrant devaient, comme on dit, sentir leur mort, car la fourrière se trouvait contiguë à un chantier d'équarrissage.

Nous sonnâmes ; un employé à casquette galonnée vint ouvrir. Il me reconnut, et tout de suite fut aimable.

— « Un chien d'aveugle, tondu en lion, avec une houppe au bout de la queue? Non! je ne me rappelle pas de chien d'aveugle... Mais on peut toujours voir; vous comprenez, il nous en vient tant. Les ordres, depuis quelque temps, sont très sévères à cause de la rage. »

Et souriant, il nous guidait vers l'angle de la cour où, dans un chenil à claire-voie, quelques malheureux toutous, non réclamés encore, attendaient leur sort.

Ils n'aboyèrent point à notre approche. Résignés et mélancoliques, ils nous regardaient d'un œil doux.

L'aveugle appela Bourriquet, mais Bourriquet ne répondit pas.

— Voilà, dit l'employé, tous les chiens capturés dans la journée d'hier.

— Et les autres, ceux d'avant-hier?

— Oh! pour ceux-là leur compte est bon; et depuis ce matin ils n'ont plus besoin de pâtée.

Alors, ne pouvant dissimuler davantage ses funestes pressentiments, l'aveugle, d'une voix que l'émotion rendait plus suppliante, demanda:

-- Me permettrait-on de les voir? pour être bien sûr... si par hasard...

— Rien de plus facile, ils sont là; justement le garçon d'à côté se trouve en retard et n'a pas pris livraison encore.

Dans notre province honteusement arriérée, on n'emploie pas pour tuer les chiens les procédés civilisés mis en honneur par la science. On ne les asphyxie pas avec l'oxyde de carbone, on les étrangle comme au bon vieux temps.

Tout autour de la salle voûtée et ronde, à des crocs fixés dans le mur, une demi-douzaine de chiens pendaient, le cou serré d'un nœud coulant, le corps raidi, la langue tirée, avec ces attitudes lamentablement comiques que la potence donne, paraît-il, aux animaux ainsi qu'aux hommes.

Un rayon de soleil pénétrait par une meurtrière, aveuglant et mince comme une tige de fer rougie au feu ; et ce rayon éclaboussant d'or le pavé rouge et mal lavé ajoutait à l'horreur macabre du spectacle.

Ecœuré pour ma part, j'essayai d'entraîner l'aveugle :

— « Sortons ! votre Bourriquet n'est pas là. »

Mais l'aveugle refusa, se méfiant. Il avait son idée, et voulant savoir par lui-même.

Lentement, de ses mains tremblantes, il palpait, l'un après l'autre, les cadavres. Et il hésitait parfois, craignant de reconnaître Bourriquet.

Au troisième — un caniche à toison frisée — je le vis tressaillir et recommencer, très ému, son investigation muette. Un nouvel examen plus attentif le rassura. Il nous dit : « J'ai eu bien peur. Celui-ci lui ressemble, mais ce n'est pas lui. »

Puis, quand il en fut au dernier, avec un soupir soulagé :

— Vous êtes de braves gens, je vous remercie. Voyez-vous : de penser que Bourriquet pouvait être mort ainsi, je n'aurais pas dormi de la nuit... Mais maintenant, s'il vient un chien mouton et que ce soit Bourriquet, on ne le tuera pas, puisque d'avance je le réclame !

L'employé promit et ajouta :

— Dame ! c'est votre droit, si vous voulez venir ici tous les matins. Et tenez ! je vous conseille d'attendre. Le soleil baisse et la charrette ne tardera pas à rentrer avec le gibier de la journée.

Il avait raison : la charrette arrivait précédée du bruit d'une sonnette énorme qui, derrière les grilles, sur le seuil des portes, éveillait au passage un concert d'abois furieux. Deux hommes l'escortaient armés de lacets et de cordes.

Une fois devant le chenil on abaissa la trappe à bascule qui faisait ressembler la charrette à une sourcière géante. Mais les prisonniers, devinant, ne voulaient pas sortir.

— Bourriquet ! es-tu là ?... fit doucement l'aveugle.

Un chien s'élança, hurlant, fou de joie.

— Ah! Bourriquet! ah! l'imbécile! qui s'est laissé prendre à la fin.

Bourriquet tendait déjà son cou à la laisse, léchant les mains qui l'attachaient. Et, tandis que je soldais discrètement les frais de fourrière, j'entendais l'aveugle crier :

— Va, Bourriquet, va devant nous, toujours tout droit, dans la campagne. Va, Bourriquet, loin de ces villes, où les hommes pendent les chiens !

LES CHATS

Décidément, la mode est aux chats !

Grâce à d'ingénieux dresseurs, ils connaissent les honneurs du cirque; et tout cet hiver, nous avons pu les voir, au milieu des applaudissements, sous la joie frissonnante des lumières, opposer leurs souples exercices à ceux des gymnastes en maillot rose et des funèbres clowns peinturlurés.

On dit même qu'à la suite de ces acrobatiques triomphes, le chat, dans le monde de la galanterie, tendrait à remplacer — tel un histrion applaudi — cette boule de soie crespelée et blanche où luisent deux diamants qui sont les yeux, d'où émerge une miniature de truffe qui est le nez, avec, par-dessous, comme on dit en style raffiné, entre deux rangées de menues dents, un lambeau de mignonne langue rose.

Certes, transformé ainsi par la sélection et la culture, l'animal, qui était jadis le chien, devient une manière de joujou, vivant encore d'une vie vague, encore doué d'un soupçon d'intelligence et d'obscure affectuosité, le tout agréablement microscopique et très à sa place parmi les amours à fleur de peau, les drames pour rire, et les fragiles élégances d'un boudoir.

Mais combien fera mieux — voluptueuse harmonie que Manet avait comprise, — combien fera mieux, se roulant aux mystères du même boudoir, près d'une civilisée pâle dont la seule fonction est la caresse, le chat, créature silencieusement attractive et caressante de tout son corps!

J'ignore ce que l'avenir réserve au chat et ce qui résultera pour lui de cette situation nouvelle.

Mais en attendant qu'un poète analyste, félin émule de Paul Bourget, fixe en quelques pages magistrales et définitives la délicate physiologie du chat moderne, j'ai voulu noter, prises sur le vif, deux ou trois observations faites pour caractériser l'ancien chat, le chat demi-rustique tel qu'on le connaît dans les familles, allié à l'homme, non son esclave, n'acceptant de nos mœurs que ce qu'il en veut, et, par l'inquiétante interrogation de son regard, la royale indolence de sa démarche,

la fantaisie griffue de ses agressions, se plaisant
à rappeler que les bois sauvages furent sa première demeure et qu'il y a toujours du tigre
en lui.

Ce qui ne l'empêche pas, à l'occasion, de montrer l'esprit le plus subtil, l'imagination la plus
vive, et parfois, n'en déplaise à ceux qui le taxent
d'égoïsme, la plus exquise sensibilité.

J'ai autrefois habité une vieille maison de province qui était un vrai paradis pour les chats à
cause de ses longs et noirs corridors, de ses galetas
encombrés d'antiquailles et de meubles, de ses
combles jamais visités et tout à fait propices aux
secrètes installations, aux nocturnes sabbats, aux
hurlantes batailles, avec mille issues vers la liberté
du toit, asile sacré, inviolable observatoire, d'où
l'on contemple, ronronnant tout le long du jour,
par delà les dernières maisons, la ceinture verte
des champs, et, le soir venu, l'infini bleu piqué
d'étoiles.

Cette bienheureuse maison possédait trois chats,
ou plus exactement, un matou et deux chattes.

Le matou, grand batailleur devant l'Éternel,
nez balafré, oreilles déchiquetées en dentelles,
avait son poil du plus magnifique ébène et portait
fièrement le nom de Moricaud. Il s'était rendu
célèbre d'ailleurs par une assez singulière aventure.

Roulé du haut d'un toit au cours de quelque expédition amoureuse, il fut ramassé, assez mal en point, ne pouvant plus agir que des pattes de devant et traînant lamentablement sur le pavé, comme un poids inerte, la partie postérieure de son individu.

Les commères compétentes déclarèrent qu'il avait la colonne vertébrale brisée, et, pour lui épargner d'inutiles souffrances, on décida qu'un voisin, homme connu pour avoir le cœur dur, enfermerait Moricaud dans un panier et le précipiterait du haut du pont.

Un saut de cinquante pieds, s'il vous plaît! dans un courant d'eau torrentueux et plus que jamais glacial en cette saison où les neiges fondent.

Ses maîtres le croyaient mort et déjà le pleuraient quand, deux heures après l'exécution, il reparut, mouillé, mais fier comme Artaban, gaillard comme un sabre, et valide de ses quatre membres.

En dépit du diagnostic des commères, Moricaud ne s'était rien brisé en tombant. Son cas, — ainsi qu'a daigné me l'expliquer l'illustre professeur Charcot, aussi profond philosophe que savant médecin et, en cette double qualité, grand contemplateur devant la nature et grand ami des animaux, — son cas devait être un de ces curieux cas de paralysie hystérique souvent provoqués par un choc et qu'une émotion violente suffît quelquefois à guérir.

Moricaud sortait donc guéri de son périlleux bain froid comme sort un croyant de la piscine de Lourdes.

Un chat imaginatif à ce point ne pouvait manquer d'avoir de l'esprit

Ce simple fait le prouvera.

L'originale maison dont il s'agit conservait, au fond de son couloir, une antique sonnette hors d'usage qui, après avoir longtemps annoncé les visiteurs, mais désormais remplacée par une moderne sonnerie, ne servait plus guère qu'à convoquer, pour la distribution du mou, les chats attardés dans les combles ou bien errants le long des gouttières. Mise en branle par un bout de corde, la sonnette s'entendait de loin, et les chats, sans se faire prier, accouraient à sa voix connue.

Un jour Moricaud manqua à l'appel.

Où diantre s'en était-il allé? Sans doute où vont les chats quand l'amour les taquine.

Mais voilà qu'au milieu de la nuit, la sonnette se met à sonner toute seule. On s'effraie, on s'empresse; s'il y avait des revenants dans la maison? Non! c'est tout simplement Moricaud qui, de retour et pressé par la faim, s'était suspendu à la corde, et sonnait, sonnait comme un sonneur ivre, dans l'espérance de faire venir le mou.

Comment ne pas aimer les chats!

Quoique l'heure presse et que le papier à noircir pour aujourd'hui diminue, je ne déposerai pas la plume sans vous raconter, à propos des mêmes chats, une attendrissante anecdote qui prouve que chez eux, — a-t-on assez mal compris, a-t-on assez calomnié leurs semblables? — le cœur était à la hauteur de l'esprit.

Comme dans tant d'autres maisons, il se trouvait dans la maison aux chats un grand-père, vieil homme presque octogénaire mais solide encore, et qui, pour rien au monde, n'eût manqué d'aller tous les jours boire son verre, fumer sa pipe et faire sa partie d'avant dîner au café du bout de la ville.

Grand-père aimait beaucoup ses chats, ses chats aussi l'aimaient beaucoup; et ils le lui prouvaient chaque soir à l'heure de son retour du café, en allant au devant de lui jusqu'au coin de la prochaine rue, tous de front, leurs trois queues en l'air. Là, des ronrons récompensés par des caresses. Puis, les chats se remettaient en marche, et, tous de front, leurs trois queues en l'air, précédaient grand-père jusqu'à la porte.

Par malheur, au commencement de l'hiver, grand-père tomba malade. On lui prescrivit un repos absolu, sa chambre fut consignée, et les chats ne le virent plus.

Ceux-ci ne savaient pas ce qu'était devenu leur ami ; et chaque soir, à l'heure ordinaire, ils allaient jusqu'au coin de la prochaine rue, attendaient un instant, puis s'en retournaient la queue basse et l'air désolé, conduite qui faisait l'étonnement et l'édification de tout le voisinage.

Or, certain jour passa par la ville un vieux chercheur de pain à peu près du même âge que le grand-père, et qui, avec sa canne, sa barbe blanche, ses habits râpés mais fort propres, n'était pas sans lui ressembler.

Il passait justement à l'heure habituelle du grand-père, et les chats, le voyant venir, y furent trompés.

Tous en rang, leurs trois queues en l'air, ils allèrent à la rencontre du pauvre, passèrent, repassèrent entre ses jambes, et le pauvre, en les caressant, murmurait : « Seigneur, mon Dieu, les braves chats ! »

Puis ils se mirent à marcher devant lui, au grand étonnement du pauvre qui, tout de même, les suivit.

Il les suivit jusqu'à la porte de la salle à manger qui, selon la coutume de certaines provinces, se trouvait au rez-de-chaussée, donnant sur la rue.

Et, comme le dîner était servi, pour ne point se montrer moins charitables que les chats, honnêtement on invita le pauvre à prendre place autour

de la table, dans le fauteuil même du grand-
père.

Et le vieux pauvre disait toujours, tout en montrant grand appétit :

— Seigneur, mon Dieu ! la bonne ville où, pour
vous montrer le chemin, on dépêche de si braves
chats !

LE BON IVROGNE

Cette vigne m'a fait rêver, s'ouvrant ainsi sur le mur gris, par un triste jour déjà froid, frissonnante et crucifiée. Plus au nord, la vigne cesse de pousser ; celle-ci, dans le pays, est la dernière. Aussi de quel orgueil le bonhomme en sabots dont elle festonne la chaumière, montre-t-il sa vigne à ses voisins : pampres dépouillés et maigres grappes qui pour mûrir ont l'air d'attendre la gelée.

Elle m'a fait rêver, cette vigne en exil, comme le symbole du rustique paganisme d'autrefois et du respect que nos aïeux avaient pour la plante sacrée.

Mais depuis des années, les vignes meurent, et Bacchus irrité s'est retiré de nous.

Il n'y a pas fort longtemps, à la saison des ven-
danges, quand les charrettes vigneronnes reve-
naient par les chemins pierreux avec leur charge-
ment de bennes vides, vous auriez dit jusqu'à
l'horizon les tambours et les tambourins de
quelque lointaine bacchanale ; et, bien avant dans
l'hiver, les pressoirs roulants, de forme antique,
violets du résidu des cuves, allaient et venaient
devant les maisons, à grand bruit, trainés par des
hommes.

On gardait pourtant la tradition d'un passé plus
riche. Les gens parlaient de mystérieux fléaux
qui, très anciennement, du temps des Consuls,
peut-être même du temps de la Louve de marbre,
— laquelle, d'après le proverbe, mangeait tout,
— auraient forcé d'arracher les vignes. Et, comme
irrécusables témoins d'une époque où réellement
le vin coulait aux ruisseaux des rues, ils montraient
dans leur cave, sous les voûtes incrustées de sal-
pêtre, drapées de toiles d'araignées, sentant bon
toutes sortes de moisissures, et si hautes que la
lampe y dessinait un rond lumineux au milieu de
l'ombre sans arriver à les éclairer, ils montraient
des cuves de maçonnerie, énormes, pareilles à des
tours, et des tonneaux en pierre, en solide pierre
de taille, secs maintenant, et que n'eût pas suffi
à remplir la récolte d'une province.

Malgré cela, il y avait alors du vin pour tous,

même pour les pauvres. Ceux de mon âge se le rappellent encore : dans les quartiers paysans, au seuil des portes, une table recouverte d'une nappe blanche avec un broc d'étain et un gobelet dessus invitait les passants à se rafraîchir sans payer. Chaque soir, à l'heure où l'on rentre des travaux des champs, un gamin s'en allait soufflant dans sa trompe et criant aux carrefours : — « Qui veut boire du vin, du vrai vin nouveau, à deux sous le litre, se rendra chez Antiq, derrière l'Eglise ; le vin est bon, j'y ai tâté. » Et, sur la foi de l'imberbe dégustateur, les vieux se rendaient un jour chez Antiq, d'autres jours ailleurs, pour boire le vin recommandé, en grignotant des noix fraîches et des olives.

Tout est bien fini maintenant ! Non seulement la Mère-vigne ne produit plus guère, il faut encore que d'infâmes sophisticateurs, d'accord avec nos députés, essaient de mêler leurs poisons aux dernières gouttes de lait pourpré perlant à sa mamelle tarie.

D'ailleurs, qu'on l'autorise ou non, qu'il soit clandestin ou légal, nous n'échapperons pas au *vinage*. L'habitude désormais en est prise, et les poëtes, les philosophes, peuvent dès à présent constater quels sont ses résultats.

Un des plus tristes, assurément, c'est la suppression de l'ivresse. Car l'aimable ivresse d'autrefois est devenue une maladie ; et, remplacé par l'alcoolique au visage plombé, que hantent des visions meurtrières, notre ivrogne, le bon ivrogne, a disparu avec le bon vin.

Vous le rappelez-vous, ce bon ivrogne ? Heureux, inoffensif, on le rêvait couronné de pourpres d'automne aux riches gaufrures, d'un joli rouge comme les rubis de son teint. Il y avait généralement un ivrogne par village ; un seul! Cela constituait au joyeux homme une sorte de privilège, et, ma foi, presque une fonction. Parfois, en veine de morale ou de controverse, le curé arrêtait l'ivrogne au passage. Gaiement, l'ivrogne se défendait par de hardies calembredaines, citant la Bible et l'Évangile, Noë, les Noces de Cana. Mais le curé, au fond, ne tenait guère à le convaincre, étant bien aise d'avoir ce pécheur endurci sur la planche pour le foudroyer dans ses sermons. Aussi peu respectueux de la Médecine que de l'Église, on racontait encore que, tombé malade et condamné, le bon ivrogne s'était guéri radicalement, sans ordonnances et sans drogues, en s'administrant coup sur coup nombre de rôties au vin vieux.

J'ai connu un de ces bons ivrognes ; et aujourd'hui, après tant d'années, son souvenir m'est resté cher.

Nour sortions de l'école quand, un jour, nous le rencontrâmes. Lui, titubant un peu, mais digne, cheminait prudemment au plus près des maisons.

« C'est Barnabé, il faudrait le suivre !... »

On le suivit donc, cartable au dos, pendant que chez nos parents le dîner attendait.

A vrai dire, la route fut longue ; car, soit calcul ou bien instinct, Barnabé, se méfiant des grands espaces et désireux d'avoir toujours un mur sous la main, nous promena une heure durant dans un réseau d'étroites ruelles.

Nous le vîmes enfin s'arrêter devant une auberge où pendait un buis vert. Il parut hésiter, puis, se fouillant, il jeta au ruisseau les quelques sous qui lui restaient dans la poche. Cette détermination nous combla de joie, d'abord à cause des sous que les moins honteux ramassèrent, et aussi parce que Barnabé — nous le savions — jetait ses sous alors seulement qu'il avait résolu de regagner le logis. Or la rentrée nous promettait, entre sa femme Scholastique et lui, une amusante comédie.

La vieille Scholastique filait sur son perron :

— « Te voilà donc, ô Mange-enfants, Songe-fêtes, Outre-mal-cousue ! »

Silencieux, le bon ivrogne courbait la tête sous l'orage.

Scholastique reprit :

— « Se mettre dans un tel état ? Va-t-en à l'é-curie, retrouver tes pareils ! »

Barnabé essaya d'abord, tentative fort hasar-

deuse, de monter les quatre marches du perron.
Mais, ayant buté, il ne s'obstina point, et, résigné,
avec un sourire qui semblait dire : — « Après tout
le conseil de ma femme a du bon », il leva le
loquet et poussa la porte de l'écurie.

Barnabé devait avoir son idée ; quelle était
l'idée de Barnabé ?

D'abord, paternel, il caressa l'âne ; il caressa
la chèvre occupée dans un coin à ronger l'écorce
et les feuilles d'un amandier mis en en fagots ;
puis, ayant tiré un verrou, il pénétra, courbé en
deux, dans le petit réduit qui se creusait sous l'escalier.

Barnabé rendant visite à son cochon : l'aventure devenait drôle !

On entendit des grognements, et bientôt nous
vîmes reparaitre Barnabé traînant son gros pen-
sionnaire par l'oreille.

Barnabé s'assit sur un tas de paille, près de la
fenêtre.

— « La femme a raison, tu vaux mieux que
moi !... »

Tout en essayant de presser sur son cœur l'a-
nimal qui, désespérément, résistait, Barnabé lui
disait des paroles douces :

— « N'aie pas peur, ô unique ami ! Pose la
figure sur mon groin, mets tes menottes dans mes
pattes !... Quoi ! tu me grondes, ah c'est mal ! »

Comme frappé dans ses plus chères affections, Barnabé s'affligeait sérieusement et ses yeux se remplissaient de larmes.

Enfin le cochon s'échappa.

Laissant Scholastique qui, sévère, dans l'ouverture de la porte, avait écouté la fin de cette étrange scène, se précipiter à la poursuite du fugitif, la quenouille en l'air et plus échevelée que sa quenouille :

— « Voilà les amis ! » fit Barnabé, consolé instantanément. Puis, s'étant couché dans la paille, il ajouta non sans quelque philosophie :

— « Tout cela n'empêchera pas que tu me serves, vienne la Noël, à me vernisser les babines, car rien ne vaut la chair salée pour faire trouver le vin bon !... »

La-dessus, un rayon sur le nez, Barnabé s'endormit, ronflant à chavirer les mouches qui allaient et venaient dans le soleil.

Et, tandis qu'il rêvait de quelque formidable réveillon — brocs énormes autour desquels saucisses et boudins s'enlacent en guirlandes — nous, dans l'innocence de notre âge, avec un étonnement sympathique où un peu d'admiration se mêlait, nous restâmes longtemps ainsi à regarder dormir le bon ivrogne.

LA PAYSANNE

Il y avait une fois à Luzancy, pas très loin de la
Ferté-sous-Jouarre, une vieille femme, si vieille que
tous ses parents étaient morts. On l'appelait *la
Sempiterne* malgré que son vraie nom fût veuve
Gogüe. La Sempiterne possédait pour seule fortune
une chèvre dont elle vendait le lait dans la saison,
et que les bonnes gens la laissaient nourrir, comme
par aumône, du maigre gazon des bords de champ,
ainsi qu'aux troènes de leurs haies.

De temps en temps aussi, pour gagner quelques
pauvres journées, elle s'en allait laver lessive à la
fontaine de Cranlin où les fées reviennent. C'est une
eau qui sourd au bas des coteaux, par dessous une
pierre moussue, et puis s'étend en claire nappe à
l'ombre de treize tilleuls.

Un jour — c'était l'année passée à peu près vers cette saison, quand l'épine franche a passé fleur et quand, sur les buissons, commence à blanchir l'aubépine — un jour la Sempiterne eut une surprise. Dans cet endroit solitaire d'où la crainte écartait le monde, à côté de la pierre moussue, une belle dame était assise, la figure si blanche avec de si fins cheveux d'or, que la Sempiterne s'arrêta la prenant au moins pour une fée. Mais un garçonnet jouait près d'elle, et la Sempiterne comprit que ce ne pouvait pas être une fée, parce que les fées n'ont pas d'enfants.

Alors, ayant attaché la chèvre au bord de l'eau, — les chèvres comme on sait sont friandes de cresson et de menthe, et ces herbes leur font le lait bon — elle mit le linge tremper, et s'installa un peu plus bas pourtant qu'à sa place habituelle pour ne pas déranger la belle dame.

Mais, tout en lavant sans rien dire, elle levait parfois la tête et regardait sournoisement la belle dame et son garçon.

La dame lisait dans un livre, au grand étonnement de la Sempiterne, qui n'avait jamais vu faire cela qu'au curé; le garçon, voulant lier connaissance avec la chèvre, avait franchi le rû où se déverse la fontaine. Quelquefois, quand il s'approchait trop, la chèvre tirait sur sa corde et le front baissé, menaçait. Alors le garçon s'enfuyait, peureux et content d'avoir peur.

Courant de la sorte, il tomba.

— « Henriquet!... Henriquet!... » s'écria la belle dame.

Mais déjà la vieille Sempiterne s'était dressée, et elle relevait l'enfant, tout en menaçant la chèvre de son battoir.

— Ah la païenne, ah la sans-cœur!... C'est le diable et ses cornes, cette bête!... T'as pas honte, dis? t'as pas honte de faire ainsi frayeur au petiot! »

La chèvre écoutait le discours. Henriquet émerveillé et qui n'avait plus peur du tout, osa lui caresser les poils de sa barbiche.

Cependant la belle dame demandait si on ne pourrait pas, le matin, apporter au hameau des Hautes-Feuillées un verre de lait pour Henriquet.

— « Pas avant un mois, tout au juste! Faut auparavant que la chèvre chevreaute; mais sitôt le biquet sevré, nous garderons le lait pour vous. »

A partir de ce moment, Henriquet prit en grande amitié la vieille Sempiterne et sa chèvre. Il venait à leur rencontre tous les jours sur le chemin de la fontaine. Mais ce fut bien autre chose encore lorsque la chèvre eut chevreauté et que son biquet la suivit. Henriquet le prenait dans ses bras ; il tétait au pis comme lui, et la chèvre le laissait faire.

Si bien qu'après cinq mois, lorsque, octobre annonçant l'hiver, la dame parla de regagner Paris, Henriquet pleura tant et tant qu'il fallut amener aussi la chèvre, le chevreau et la Sempiterne.

*
*   *

Effrayée par le vacarme des wagons et le fourmillement de cette grande ville où, tous les jours que le soleil fait, le monde est en habits des dimanches, la bonne vieille Sempiterne avait d'abord voulu repartir : — « Y a trop de maisons et point assez d'arbres ! » Puis, la nuit, lorsqu'elle regardait de sa fenêtre à mansarde les milliers de becs de gaz étincelants comme des étoiles : — « Les gens par ici sont fous, ben sûr, de gaspiller ainsi leur huile. » Et elle concluait par sa phrase de prédilection : — « Tout ça, c'est le diable et ses cornes ! » Formule vague, mais commode, qui lui servait à exprimer les sensations les plus diverses.

Peu à peu cependant la Sempiterne s'est habituée.

Le Luxembourg, les Tuileries, les arbres des quais et des squares l'ont réconciliée avec Paris. Elle a appris le chemin des rues. Et maintenant c'est elle qui, toute seule, conduit Henriquet en promenade, regrettant, à la vue des parterres toujours en fleurs et des pelouses bien arrosées, de ne pouvoir également y conduire la chèvre et le chevreau prisonniers dans le coin d'un petit jardin.

Henriquet l'appelle maman Gogüe, et n'échangerait pas pour la nounou la mieux pomponnée avec des rubans de bonnet si longs qu'ils en traînent par terre et des boules d'or dans les cheveux, cette paysanne sèche comme du bois sec, crevassée comme un sarment de vigne, dont la peau sent la terre et l'herbe, et qui lui conte de si beaux contes, le soir, quand vient l'heure de s'endormir.

Elle se trouve heureuse, la Sempiterne! C'est pour elle, à soixante et dix ans passés, une enfance qui recommence, aussi lumineuse, aussi féerique que la première fut triste et terne.

Un jour, on l'a menée à la comédie; et tout de suite elle s'est signée, croyant entrer dans une église. Au jardin d'Acclimatation, au Jardin des Plantes où son Henriquet la promène, elle a de naïves terreurs devant les bêtes des pays étranges et de grandes joies à reconnaître un arbuste, une fleur qu'elle nomme de son nom rustique. Tout cela, sans doute, est pour Henriquet, mais plus qu'Henriquet elle en profite. Parfois même — on n'est pas parfait, et les vieillards devenus enfants reprennent goût aux friandises — parfois, quand elle achète quelque gâteau pour Henriquet, il lui arrive de l'écorner, oh ! légèrement, du bout des doigts, et de se régaler des bribes.

Si vous l'aviez vue l'autre après-midi devant la baraque à Polichinelle ! La pièce avait un succès énorme ; l'héroïque et féroce bossu frétillant, frappant, baragouinant, était en train d'assommer le commissaire, et c'étaient des fusées de rire chaque fois qu'un fort coup de trique résonnait sur un crâne en bois. Mais dans l'auditoire enfantin, personne, pas même Henriquet, ne s'amusait, soyez-en sûrs, à l'égal de la bonne vieille, applaudissant de ses mains dures et dans les yeux de qui — des yeux ridés, petits et clairs — les larmes du plaisir brillaient.

*
* *

Mais le printemps est revenu. On retourne à Lusancy dans huit jours.

Henriquet en rêve la nuit. Il se voit jambes nues dans les hautes herbes, avec la chèvre et le chevreau, près de la fontaine de Cranlin où les fées reviennent.

La Sempiterne est contente aussi, pauvre Sempiterne ! très contente ; mais son contentement ne va pas sans regrets :

— « Vot'grand Paris, voyez-vous, c'est quasiment le diable et ses cornes; pourtant s'il fallait, tout de même je m'accoutumerais ben à y mouri ! »

———

LE KALEIDOSCOPE

—

Comme les souvenirs se pressent de la Noël au jour des Rois! Deux semaines durant, même aux plus sceptiques, l'âme redevient enfantine, et c'est ce qui m'autorise à vous demander, cher lecteur, si vous avez personnellement connu saint Sylvestre.

Car moi je l'ai connu cet illustre saint, aux jours heureux de la jeunesse, quand nous nous en allions par les rues trimballant au bas du dos le classique cartable, à la fois bibliothèque et garde-manger, lequel manié en rond au bout de sa courroie servait aussi de masse d'armes dans les homériques combats qu'on se livrait entre galopins de quartiers rivaux.

Invisible tout le reste du temps, saint Sylvestre
— ou celui que nous prenions pour tel — apparaissait régulièrement, venu on ne sait de quel
pays, le matin même de sa fête.

Et quelque temps qu'il fît, que la neige tombât
à flocons ou que le froid de l'air fît éclater les
pierres, nous étions certains, arrivés les premiers
sur la place déserte encore où la fontaine coulait
sans bruit, le mufle de ses lions ayant des moustaches de glace le long desquelles, silencieusement,
l'eau glissait, nous étions certains, dis-je, de trouver un vieux petit homme aux yeux fins, à la
barbe drue qui, les pieds dans de gros sabots, des
moufles aux mains, et tout le corps emmitouflé à
une ample et lourde limousine, était en train de
dételer un âne d'une carriole.

L'âne dételé, la carriole mise en équilibre sur
la fourche de sa chambrière, notre homme ex-
trayait successivement deux bancs de tréteaux,
des planches, des piquets, une toile à voile ; puis,
s'étant improvisé ainsi une manière de boutique,
il étalait en bel ordre, avec un soin minutieux,
toutes sortes de jouets qui, par leurs formes barbares et leurs violentes colorations, mettaient d'a-
bord nos yeux en joie.

Il y avait là des chevaux bleus pareils à celui
dont Émile Pouvillon a raconté l'attendrissante
histoire; il y avait de ces violons rouges que ne

dédaigna pas de célébrer le très grand écrivain qui s'appelle Théodore de Banville ; il y avait des poupées en carton, troncs informes, sans jambes ni bras, mais au sein desquelles un pois sec remue, symbolisant l'âme et la vie d'une façon suffisamment significative pour l'imagination toute neuve de jeunes cerveaux ; il y avait la grenouille que fait sauter une corde à violon tordue en ressort de baliste ; les forgerons battant l'enclume avec la raideur hiératique de dieux cabires ; et des tambours et des trompettes et des moulins à vent primitifs, le tout frais verni, poissant aux doigts, répandant une bonne odeur de bois blanc et de térébenthine.

On restait debout, les yeux agrandis par la convoitise, et calculant ce que les gros sous et les piécettes blanches des étrennes permettraient, le lendemain, d'acheter.

Cependant, peu à peu, la place se peuplait. Des paysans, des paysannes arrivaient apportant des œufs, des fromages, du miel, des fruits d'hiver, de maigres légumes ; et devant la vieille maison commune, au-dessous de l'écusson du temps des consuls martelé, la revendeuse disposait sur un lit d'algues ruisselantes des moules, des clovisses, des oursins dont les piquants remuaient, des sardines aux reflets de nacre et d'argent, un thon énorme perdant le sang par les ouïes, enfin toute une pêche miraculeuse qui nous faisait un instant oublier saint Sylvestre pour évoquer en nous, pauvres petits montagnards à demi sauvages, l'image d'un Marseille féérique, entrevu dans le lointain bleu du rêve avec ses hautes maisons, ses théâtres, ses larges rues, les eaux jaillissantes de ses places, et la mer infinie où passent des navires.

D'ailleurs, nous n'étions déjà plus seuls, nez transis et pieds dans la neige, autour de l'éblouissante boutique. — « Donnez place, petits ! » Et nous donnions place à un villageois marchandant des bagues en crin pour son amie ; à un valet de ferme, à un pâtre essayant sur une série de galoubets, avant de lâcher les cinq sous, tous les airs de son répertoire, ou bien faisant vibrer entre ses dents, avec des poses extasiées, la lame de fer d'une guimbarde, instrument gastralgique et subjectif, entendu seulement de celui qui en joue, et qui semble avoir été inventé tout exprès pour ces pauvres gens dont la ve se passe contemplative dans la solitude des montagnes.

Saint Sylvestre leur vendait, souriant toujours, ne parlant guère ; et quand il parlait, on remarquait chez lui comme un léger accent du pays d'Auvergne.

Que ce fût le vrai saint Sylvestre, personne parmi nous n'en doutait. Aujourd'hui je le crois encore. Un fait incontestable, c'est que, le jour de l'an une fois passé, cet étrange saint au parler auvergnat disparaissait de même qu'il était venu, sans laisser trace; et nous nous imaginions alors qu'il était retourné là-haut. derrière les nuages, remontant avec sa carriole et son âne par la voie lactée, ou, si vous aimez mieux par le chemin de Saint-Jacques qui, large et blanc comme une grande route, serpente à travers les étoiles.

On les aimait, on les soignait ces naïfs joujoux, préférables certes à ceux qu'aujourd'hui, non pas les saints, mais des gens très savants fabriquent. La famille les conservait, et je m'en rappelle d'anciens qu'on ne montrait aux enfants que les grands jours.

Un surtout, un kaléidoscope, le seul qui exista dans la ville et que cousine Annette — tous les gamins du pays, je ne sais pourquoi, appelaient cette bonne vieille dame cousine Annette — possédait.

Quelquefois, oh ! bien rarement, cousine Annette consentait à mettre la clef sur une antique *table fermée*, dont les deux battants en s'ouvrant comme les volets d'un tryptique laissaient s'envoler soudain une pénétrante odeur de temps passé.

Que de belles choses là-dedans qu'il fallait admirer de loin avec défense d'y toucher ! Des étoffes brochées, des rubans à ramages, des dentelles que la vieillesse avait précieusement jaunies, de

frêles éventails d'écaille, des bijoux à l'ancienne
mode ; que sais-je encore ? Des bourses en perles,
des reliquaires ayant la forme d'un cœur où de
petits os blancs s'encadraient, fixés d'un peu de
gomme, au milieu d'arabesques de papier doré,
des boîtes à bonbons faites en peau de berga-
motte, et d'autres boîtes recouvertes d'un verre
bombé sous lequel, sculptés dans la cire, avec
leurs moutons et leurs bergères, à travers les prés
et les vallons d'un paysage chimérique, des bergers galants se promenaient.

Et ces menus riens d'autrefois si bien en harmonie avec la physionomie doucement attristée de
cousine Annette et l'ameublement de ce logis silencieux, éclairé à peine, où depuis soixante ans
n'était pas entré un objet nouveau, nous inspi-
raient un sentiment confus d'admiration et de respect.

Néanmoins, la merveille toujours nouvelle,
c'était encore le kaléidoscope.

D'où venait-il? De qui le tenait cousine Annette?
Peu importe! mais je le revois tel qu'il était avec
son cornet en carton revêtu d'un papier aux gaufrures ternies. Je crois entendre le petit bruit sec
que faisaient à chaque transformation, en se grou-
pant, les perles, les paillons et les fragments de
verres rouges et brillants comme des pépins de
grenade.

Retenant notre souffle, l'un après l'autre, l'œil appliqué à la lentille, nous admirions naître, mourir, et naître encore, tandis que le cornet tournait, ces innombrables figures pareilles à celles qu'on voit flotter en rêve. Nous ne comprenions rien au miracle, et notre plaisir se mêlait d'un peu de mystérieuse terreur.

Je croyais le kaléidoscope disparu, hélas ! avec les chevaux bleus, les violons rouges, les grenouilles sauteuses et les forgerons en bois verni.

Eh bien ! non ; cette année un hasard m'en réservait la surprise.

L'autre jour, en plein boulevard, entre un marchand de locomotives à ressorts et un débitant de cris du Bulgare, j'ai cru reconnaître — ne me trompai-je point? — mon kaléidoscope d'autrefois, et non pas un, mais cinquante, mais cent, tout un stock de kaléidoscopes. Je ne me trompais pas : c'était bien le même avec le même papier ancien qu'égaie une vague dorure et au dedans les mêmes dessins capricieux et fugitifs.

J'en achetai quelques-uns qui obtinrent, les témoins sont là ! un joli succès d'étrennes. J'aurais dû dévaliser la boutique. Car, retournant le lendemain pour renouveler ma provision, j'ai trouvé la place vide.

Saint Sylvestre — ce marchand ne pouvait être

que mon saint Sylvestre — avait disparu le jour
de l'an une fois passé, à son habitude.

Et maintenant, sans doute, avec la carriole et
l'âne, il regagne — bon quincaillier coiffé de
l'auréole — ses magasins du ciel par le chemin de
Saint-Jacques qui serpente là-haut, dans les étoiles, large et blanc comme une grand'route.

———

JEAN MIAN

Au tournant de la route, avant d'arriver au village, une douzaine de ruches s'alignaient. — « Approchons-nous pour voir si le bon soleil qu'il fait à l'abri de ce roc, dans ce creux de vallon, n'aurait pas réveillé les abeilles? » Je m'aperçus alors que toutes les ruches étaient nouées d'un brin de crêpe et j'en conclus, connaissant la coutume, qu'il y avait un mort dans la maison. Une vieille femme passa, courbée sous son faix de litière. Je l'interrogeai. Elle me dit : — « C'est pour le Jean Mian que les cloches ont sonné ; depuis hier il est allé nous attendre... » Et d'un geste de sa main plus sèche que les buis de sa charge, elle me mon-

trait sur le coteau le mur bas et blanc du cimetière.

Jean Mian? Mais je le connaissais, Jean Mian!
Un homme d'ancien temps, tout à fait à la vieille
mode. Et, soudain, je me le rappelai comme je
l'avais vu souvent, étant écolier, avec son chapeau
blanc, ses culottes que boutonnait un bouton de
buis large comme un petit écu, sa veste courte à
collet montant, en burelle couleur de la bête, et
son gilet rayé dans les goussets duquel il aimait à
fourrer les poings.

Ménétrier à ses moments perdus, Jean Mian fit
longtemps danser aux *vogues*... Il était le dernier
à savoir les vieux airs. Lui retiré, le cornet à piston,
la clarinette sont venus; et le pays n'a plus entendu ronfler le tambourin ou gazouiller le galou-
bet, ce qui faisait comme une dispute de cigale et
de rossignol.

Jean Mian était pénitent. Combien de fois ne
l'ai-je pas vu aux processions, ce petit homme,
trébuchant pieds nus dans la neige sous le poids
du grand crucifix, tandis que sa cagoule relevée
découvrait un menton rasé, un nez énorme, le tout
ruisselant de sueur, et deux yeux noirs plissés et
vifs. Mais il en voulait aux curés. Le curé Gravaz,
un révolutionnaire ennemi des bonnes traditions,
n'avait-il pas fait enlever, à l'entrée de l'église, le
vieux banc en noyer luisant où, de temps immé-

morial, les bons pénitents, chaque dimanche, ven-
daient pour un sou aux gamins des carrés de gâteau à l'huile. Et cela sous prétexte que l'argent
ainsi récolté s'employait à faire deux fois l'an,
entre confrères, ce qui s'appelle un bon repas.

Car Jean Mian comme tous les artisans, tous les
gens des petits métiers à son époque, était friand
d'un fin morceau. Pour rien au monde on ne l'eût
empêché d'aller, sur le coup de cinq heures, à la
chambrette, boire un verre avec les amis, en grignotant quelques amandes, ou, faute de mieux, en
croquant un grain de sel gris qui faisait trouver le
vin bon. Vous aviez alors à deux sous un litre de
vin paysan, aimable à voir et fleurant la grappe.
Ces patriarcales débauches ne pouvaient, certes,
porter tort ni à la bourse ni à l'estomac.

Jean Mian ne détestait pas non plus de se payer
sa partie de bastidon, une fois par hasard, le
dimanche ou dans la semaine. En hiver surtout,
par un beau temps, quand les jacinthes reverdies
montrent le nez pour voir le soleil à travers les
feuilles tombées. Après déjeuner, assis devant la
porte, on regardait le jeune blé luire et frissonner à
la brise, on s'extasiait sur les charmes de la saison
bénie où tout germe et pousse à la grâce de Dieu
pendant que l'homme se repose, et, la philosophie s'en mêlant, — toujours la philosophie s'en
mêle quand il y a une pointe de muscat dans le

cerveau, on se félicitait d'être au monde, et on plaignait le sort des riches.

Lorsqu'il s'agissait de bastidon, Jean Mian se montrait intraitable. Le bastidon était sacré pour lui, plus que son tambourin, plus que son banc d'église, plus que la Notre-Dame, vêtue de brocart, chargée de bijoux en or faux et à l'Ascension ornée de pommes, de raisins et de cerises nouvelles, que les pénitents promenaient sur un brancard à travers la ville et sous laquelle les grands'mères nous faisaient passer pour que nous devinssions grands et forts.

Un jour son ami Tonin Saigne-Fiasque, le cordonnier, avait pris une résolution grave. Secoué la veille par sa ménagère, il s'était installé devant son établi dès l'aube, et prétendait travailler d'arrache-pied jusqu'au soir à une paire de chaussures qui pressait. Or ce jour-là, précisément, il s'agissait de manger une douzaine de grives au genièvre. Les manger sans Tonin ? Pas possible ! Et Tonin, fidèle à son vœu, ne voulait pas se laisser tenter. — « Voyons, Tonin sois raisonnable : les grives n'attendent pas et tes chaussures attendront. Tu les achèveras demain ; la mère des jours n'est pas morte. — Je ne peux pas, répondit Tonin. — Et pourquoi ne peux-tu pas ? — Pourquoi !... pourquoi !... parce que je me suis acheté un sou de feu ce matin et qu'il faut que je le profite.

En effet, au beau milieu de la boutique on pouvait voir une brasière où brûlaient bleu des coquilles d'amandes prises au four du boulanger. Un sou de feu ! Les autres compagnons faiblissaient, vaincus par la force de l'argument. Mais Jean Mian. homme d'énergie, fouilla dans ses poches : — « Ton sou de feu, tiens, le voilà ! » Et Tonin laissa ses souliers, Tonin alla manger les grives. Sa conscience était tranquille, personne n'avait plus rien à dire, on lui payait son sou de feu.

Jean Mian pouvait se montrer ainsi prodigue, ses moyens le lui permettaient.

Avec son olivette, sa vigne, Jean Mian possédait en outre une écurie vaste comme une église, où, les jours de marché, il remisait, moyennant rétribution, les mulets et les ânes des villageois qui ne voulaient pas aller à l'auberge. Trois sous par tête et le fumier, ça fait de l'argent au bout de l'année !

Aussi Jean Mian passait pour riche ; on ne connaissait pas la fortune de Jean Mian.

Il y a trois semaines, maître Trabuquet, le notaire, fumait la pipe devant sa porte, quand il vit Jean Mian arriver. — « A Dieu soyez ! — Pour vous de même... Et quel mauvais vent vous amène ? — Voilà : je me fais vieux, je perds la mémoire, et, sans se méfler des voisins, à mon âge, on a tort de garder son argent chez soi. »

Là-dessus, Jean Mian mit entre les mains du notaire une de ces corbeilles en paille tressée dont se servent les gens d'ici pour donner pitance à leurs bêtes.

— « Mais ce n'est pas de l'argent, c'est de l'avoine. — C'est de l'argent aussi, tout est mêlé, vous me le trierez, j'ai confiance. »

Jean Mian s'en alla, le notaire prit ses témoins, et comme la brise était bonne, soigneusement, on se mit à vanner avoine et monnaie en pleine rue. L'avoine s'envolait, et, au lieu de bon grain, au fond du crible il retombait des pièces d'or.

Jean Mian avait prévu sa fin ; il la fit d'ailleurs édifiante.

Le sachant malade, l'abbé Gravaz, quoique brouillé, crut devoir monter chez lui.

Jean Mian, n'avait pas de rancune ; ils se réconcilièrent. Puis, de fil en aiguille, l'abbé Gravaz confessa Jean Mian et proposa, puisque l'occasion s'en trouvait, de lui apporter le bon Dieu : — « Apportez le bon Dieu, je vais un de ces matins loger chez lui, il convient que nous fassions connaissance. »

Le lendemain, l'abbé Gravaz arrive, précédé de son *clergeon* vêtu de rouge qui faisait tinter la sonnette et de deux dévots portant les lanternes. Derrière, le quartier suivait. On entre, on tire les rideaux de l'alcôve. L'abbé Gravaz s'approche, en

parlant latin, et soudain recule épouvanté : —
« Qu'est-ce que c'est que cette histoire? Je venais
administrer Jean Mian et je trouve une vieille
femme dans le lit. — C'est bien Jean Mian, pécaïré,
Jean Mian en personne, monsieur le curé, répondit
une des commères, seulement, comme vous deviez
venir avec le bon Dieu, nous avons pensé, pour
plus de respect, à lui mettre, blanc et repassé,
un bonnet de femme. »

C'est ainsi qu'expira Jean Mian, une coiffe à
tuyau sur la tête et un joli nœud blanc sous le
menton.

Maintenant Jean Mian dort dans les lavandes,
ses abeilles portent son deuil. Et j'ai voulu —
pourquoi donc pas? — écrire l'oraison funèbre de
ce brave homme qui, sans avoir jamais fait de
mal à personne, vécut heureux et mourut tranquille à l'endroit où la Providence l'avait planté.

L'HOMME AU COUTEAU

Nu la tête et les bras nus, parfois il traversait la ville avec son tablier, ses sabots sanglants et son grand couteau qui luisait.

Mais soit qu'il emmenât, un bout de corde au cou, quelque pauvre bête condamnée ; soit que, trouvée morte un matin dans la paille de l'écurie, il l'emportât les membres raides, sur son chariot bas, à roues pleines, que trainait un âne velu ; soit encore que, l'ouvrage fait, il revînt vendre la peau, toute fraîche, les poils humides et l'envers nacré, chez les tanneurs des Vieux-Quartiers ; toujours autour de lui un concert s'élevait assourdissant et lamentable. Car du Portail Double au Portail Peint, les chiens de la ville, surexcités soudainement par l'odeur de massacre que l'homme avait, se ruaient, hurlants, à ses trousses, sans oser le mordre pourtant.

On l'appelait Charlot tout court, ou bien encore Monsieur Charlot en manière d'ironie. Pour nous autres gamins, c'était « l'homme au couteau, l'Ecorche-rosse », et son couteau nous faisait peur.

Charlot habitait sous les remparts, près de la grève, théâtre de ses exécutions, une masure délabrée qui fut un moulin autrefois.

L'eau depuis longtemps n'y arrivait plus. L'ancien canal, lentement gorgé de limon, était devenu un jardinet où Charlot à ses moments perdus cultivait des fleurs, des arbres fruitiers, des légumes. Et rien dans cette solitaire bâtisse, séparée maintenant du lit vagabond de la rivière par une étendue de cailloux où poussaient çà et là des touffes d'osiers maigres et d'amarines, n'aurait fait deviner le moulin de jadis, sans l'antique roue aux trois quarts envasée dont le bois vermoulu, changé en amadou, verdissait de pariétaires, et sans une meule cerclée de fer, à l'abandon devant la porte.

Blancs et roses au printemps, les arbres du jardin se couvraient, dans la saison, de pêches, d'abricots ambrés, de cerises qui attiraient là des bandes d'oiseaux ; et bien souvent, quand on passait, il y avait, assise sur la meule, une gamine de notre âge, — la Carline, — qui n'avait pas connu sa mère et qui était fille de Charlot.

Mais, jamais, dans l'entraînement des maraudes, l'idée ne nous serait venue de toucher aux fruits de Charlot, et encore moins, pour l'insulter de loin, d'adresser la parole à Carline.

Un peu sorcière, à moitié ogresse, nous nous racontions que Carline mangeait de la chair d'âne les vendredis. Des légendes planaient sur son père dont l'arrière grand-père aurait été bourreau. Aussi faisions-nous de longs détours, les jours d'école buissonnière, pour éviter la grève sinistre semée d'os blanchis, de crânes aux dents démesurées, où toujours flairant quelque chair en train de se consumer au soleil, de grands corbeaux venus des roches s'abattaient d'un vol mécanique et lourd.

Pourquoi, l'autre matin, voyant les chemins pleins de neige, me suis-je rappelé Charlot? Et pourquoi le souvenir m'est-il revenu en même temps d'une cérémonie d'ailleurs pittoresque, dont ce philosophe qui, sous de macabres apparences, cachait, paraît-il, une âme débonnaire et encline à la joie, fut l'ordonnateur et le héros?

La masure du moulin n'appartenait pas à Charlot. Immémorialement, lui et les autres Charlots, ses aïeux, la tenaient en location d'une famille noble du pays, alors représentée par un doux ma-

niaque qu'on appelait le vieux marquis ; lequel
vieux marquis, avec sa physionomie falote, l'ori-
ginalité de son costume, m'apparaît à travers mes
souvenirs, — et tout au moins autant que le brave
Charlot, — comme un survivant d'un autre âge.

Habitant seul, malgré qu'il eût quatre-vingt-dix
ans, seul avec ses fermiers et non loin de la ville,
dans une métairie décorée du nom de château, le
vieux marquis, aux environs de 1850, portait encore fièrement, et sans que personne s'en étonnât,
la culotte courte, le tricorne et la queue. Un jonc
à pomme d'or, très haut, lui tenait lieu d'épée.
C'est la seule concession qu'il daignât faire aux
idées du temps.

Avait-il réellement retrouvé le bail primitif
parmi les parchemins poudreux de son chartrier,
ou en imagina-t-il le texte pour taquiner, dans la
personne de Charlot, les républicains de la ville ?
Peu importe! Mais le fait est que, cette année-là,
le vieux marquis fit signifier par voie d'huissier,
à son locataire étonné, qu'il devrait dorénavant,
en outre de quelques écus perçus jusque-là et à
titre d'hommage et de redevance, fournir six
livres de poissons frais apportés au château, avant
le déjeuner, le matin de la mi-carême.

—Le diable l'emporte! disait Charlot, qu'il
m'augmente s'il veut ; j'en serai quitte pour ne pas
payer. Mais où veut-il qu'en plein hiver je me

procure ainsi six livres de poissons frais à jour fixe!

Le marquis n'en démordit point.

— J'exige mes poissons pour le principe! Ces poissons perpétuent le souvenir du temps où mes aïeux avaient seuls, entre les deux ponts, droit de pêche sur la rivière. Que Charlot s'arrange : il me faut à la mi-carême mes six livres de poissons frais... Le marquis disait : « poifon frais! »

Ce fut une joie dans la ville quand on connut les exigences féodales du vieux marquis : « Fix livres de beaux poifons frais! » et la joie fut double, la mi-carême approchant, quand on apprit que Charlot méditait un coup et qu'il affirmait gravement vouloir porter sa redevance en personne.

Une mascarade, un triomphe!

Par un jour pareil à celui-ci, nous jouions près du Portail Peint, heureux de la neige et du froid qui faisaient la campagne blanche, mettaient des pompons aux buissons, et des barbes d'argent aux lions en bronze de la Grand'Fontaine.

Tout à coup un vacarme s'éleva : abois de chiens et bruit de roues. C'était Charlot, l'Ecorche-rosses, qui passait sous la voûte avec son hideux chariot.

Charlot, dans son costume de travail, le coutelas à la ceinture, les bras retroussés jusqu'aux coudes, allait rendre hommage au vieux marquis.

Fier de sa musique de chiens renforcée pour la circonstance d'une douzaine de polissons soufflant, à s'en faire jaillir les yeux, dans ces énormes conques marines, qui remplacent chez nous les cornets à bouquins. Charlot menait son âne velu par la bride, tandis que, dans le chariot, assise sur une planche posée en travers, Carline triste et jolie comme toujours, tenait un panier de poissons et une balance.

Des gens suivaient, nous les suivîmes. Qu'allait dire le vieux marquis ?

Le marquis ne se fâcha point.

Debout, tout en haut du perron, et la main sur sa grande canne :

— Sartibois ! Charlot ! s'écria-t-il, tu exagères le respect, et rien, certes, ne t'obligeait d'apporter le poisson en si magnifique équipage.

Puis il fit un signe à Carline d'approcher, — Carline toute rouge avec son panier et ses balances ! — Il lui donna une piècette blanche et paternellement l'embrassa.

Oui, le vieux marquis, l'ayant soulevée de terre dans ses mains tremblantes, embrassait Carline ! Stupéfaction grande. Les conques s'étaient tues soudain, les chiens restaient silencieux, et les badauds qui avaient suivi, venus pour rire, ne riaient guère.

Un marquis embrasser Carline! Nos idées, pour huit jours, en furent renversées.

L'année suivante, à mon grand regret, le vieux marquis étant mort dans l'intervalle, l'hommage des poissons ne se renouvela point.

Mais comme ici-bas la bonté n'est pas semence qui se perde, grâce au marquis, depuis. Charlot nous fit moins peur.

On daignait quelquefois jouer avec Carline; et c'est elle qui, — dans la saison des fruits, quand, sans préjugés désormais, nous nous bourrions bouches et poches de cerises volées, — guettait, grimpée sur la vieille roue, pour que son père ne nous surprît pas.

—

LE NOEL DU DÉPUTÉ

———

— Député ? Toi ! Tu désires être député ?

— C'est d'hier, pas plus loin, que l'ambition politique m'est venue ; c'est d'hier que cette idée m'est entrée dans la tête, se cognant aux parois et bourdonnant avec la ténacité d'un hanneton qui veut percer une vitre : « Eh ! mais, après tout, être député me semble agréable ; pourquoi, comme tant d'autres, ne me laisserais-je pas nommer député ? »

Non que le métier en soi me plaise outre mesure !

Aller au Palais-Bourbon à la même heure, tous les jours, entre une double haie de badauds qui admirent ; traverser la salle des Pas-Perdus en se

donnant des airs profonds sous l'œil des journa-
listes narquois ; et, loin de la commission qui vous
réclame, de la séance qui va s'ouvrir, et des solli-
citeurs départementaux dont la meute gronde à la
porte, faire l'école buissonnière à la buvette, séjour
treillissé de bambous, où l'on fume de ces excel-
lents cigares à deux sous que confectionne la Régie,
exprès pour les législateurs et qui moins chers, sont
aussi savoureux que des londrès aux champs, par-
courant sa circonscription en berlingot de louage,
voir le paysan qui travaille, se redresser sur le
ciel clair pour saluer de loin ou bien montrer le
poing, selon qu'il est ou bien n'est pas votre par-
tisan ; et à Paris, dans les salons où de délicieuses
caillettes se décollètent pour parler politique, au
sein d'un tas de seins moins hypothétiques et plus
friands que le fameux « sein de cette Assemblée »
être fêté, entouré, pressé, et accaparer effronté-
ment les hommages réservés jusqu'à présent aux
seuls pianistes et poètes ; voir cité dans les journaux, jusqu'à ce que son obscurité en reluise, votre
petit nom provincial à côté des noms les plus illus-
tres : tout ceci, certes, constitue de fort enviables
privilèges.

Tout ceci pourtant ne m'eût point tenté, étant
de la race des oiseaux chanteurs qui préfèrent au
tumulte des villes et au fracas des grandes routes
l'abri d'un buisson où resteront, sa branche une

fois dépouillée, quelques baies d'un bel écarlate qui, amollies par la gelée, aideront à passer l'hiver.

Mais hier matin le député m'est apparu sous un aspect nouveau ; et au prix de tous les ennuis je me condamnerais, Dieu me damne ! à légiférer onze mois et demi durant pour le droit d'exercer une semaine ou deux des fonctions à ce point aimables et patriarcales.

J'habite, comme tu sais, de l'autre côté de la Seine, un quartier paisible, affectionné des savants et des merles, où, entre de grands hôtels portant sur marbre noir des noms héraldiques dans un cartouche, se dresse de loin en loin, par-dessus des murs de jardins, un vieil arbre contemporain de Louis XIV et de Versailles. Les rares boutiques qu'on y voit gardent l'air honnête des boutiques de jadis. Peu de voitures s'y égarent et s'il en passe une parfois, le cocher intimidé par la majesté de ces arbres et le silence de ces maisons closes ralentit le pas et donne à sa guimbarde des allures de carrosse de cour.

Le Corps législatif n'est pas bien loin ; et quelques députés — il y en a ! — qui n'ont pas voulu se laisser prendre par le Maëlstrom, dont le formidable entonnoir se creuse et tourbillonne autour de la Bourse, non plus qu'être initiés à cinquante ans aux splendeurs de la haute vie, quelques députés se sont cantonnés là, modestes dans un petit cercle d'habitudes, logeant en maison meublée, dînant à table d'hôte, et le soir, comme des étudiants vieillis qui auraient neuf cents francs de pension par mois, se livrant à des orgies de lecture et de dominos dans des cafés où les garçons familiers et respectueux offrent au consommateur la *Revue*.

Donc hier, près de chez moi, je rencontre un de ces députés, non plus grave et le front obscurci de tous les soucis du pouvoir, n'ayant plus sous le bras l'indévissable portefeuille bourré de rapports et de plans : maisons d'école ou ponts à construire, chemins vicinaux à rectifier, églises romaines qu'il faudrait recouvrir de tuiles ; mais fringant, joyeux, guilleret, avec une douzaine de minuscules cartons noués de faveurs bleues et roses.

Il m'aperçoit, je le salue.

— « Le temps de déposer ceci à l'hôtel, me dit-il, et, si vous n'avez rien de mieux à faire, je vous emporte dans un fiacre.

— Pour aller?...

— Eh parbleu, pour aller acheter d'autres cartons ! J'ai peu l'habitude des magasins ; vous, Parisien, m'aiderez à choisir. »

Une fois dans le fiacre, mon député me confia que, les crédits étant votés, il avait résolu, comme tous les ans, d'avancer son départ de quelques jours sans attendre les vacances réglementaires.

— « La Chambre s'arrangera ! Dès ce soir je quitte Paris... Voici la Noël qui arrive, et je ne peux pas faire autrement que d'être là-bas pour la Noël. Voyez plutôt... »

Il avait tiré une lettre, il me la lisait :

Monsieur le député,

Nous vous écrivons la présente à seule fin de vous occasionner un tout petit dérangement. En venant passer les vacances à Canteperdrix, il faut que vous ayez l'obligeance de nous apporter une petite lanterne magique, dans les prix doux et dont vous trouverez ci-inclus le montant en timbres-poste. On ne fabrique bien les lanternes magiques qu'à Paris, et nous avons promis la surprise, pour son Noël, à notre petit Marius qui se souvient toujours de vous et qui compte sur votre protection, monsieur le député, pour dans quinze ans d'ici, quand il se présentera à Saint-Cyr...

— « Comment refuser ce service à de braves gens qui s'imaginent que je les représenterai encore dans quinze ans ?... Et cette lettre n'est pas la seule ; voici par ordre alphabétique la série des commissions dont on me charge ! » continua mon député en déroulant une liste plus longue que celle des maîtresses de Don Juan.

Entre temps, arrêtant le fiacre à la porte d'un bazar ou d'une confiserie, nous entassions sur nos genoux et sur la banquette les cornets de bonbons à bon marché, frisés en papier d'argent ou d'or et décorés de naïves chromolithographies, les pastillages à la mode d'autrefois où le sucre fondu, filé, pétri et coloré par des mains habiles, devient un beau paysage en relief au milieu duquel se promènent des personnages revêtus d'habits gommés; sans compter les polichinelles et les poupons, les chiens qui aboient, les agneaux qui bêlent, les ânes qui braient, les vaches qui beuglent, les trompettes et les tambours, les sabres de bois, les pistolets de paille, les soldats de plomb poissant aux doigts et coloriés de couleurs barbares, les lions en poil de lapin, et les lapins batteurs de caisse à qui deux clous, en guise d'yeux, donnent un aspect diabolique.

Tout en maugréant, tout en soupirant, mon député nageait dans la joie :

— «Fichu métier! s'écria-t-il, mais voilà de quoi me faire pardonner bien des bureaux de tabac que je n'ai pas obtenus malgré mes stations dans les ministères. »

Et moi, s'il faut que je l'avoue, le cœur mordu par une basse envie, j'étais jaloux de la joie de mon député.

Je me disais : d'ici à quatre jours, au fond de nos petits villages montagnards que décembre aura saupoudrés de neige, dans la rue blanche qu'égayera, reflet rouge à travers les vitres, la flamme des cheminées et des fourneaux, les enfants attendront le député promis, et dépassant la dernière maison, ils iront sur le chemin, jusque dans les champs, pour voir s'il arrive. Et la nuit du grand repas, au dessert, quand, arrosée d'un vin de cent ans, flambera sur les landiers de fer la bûche calendale, quand la clairette éclatera, bouchons en l'air, inondant la nappe de mousse, et qu'on apportera les cadeaux entre les trois lumières allumées et les trois assiettes de terre brune où le blé commence à verdir, alors les enfants le béniront, ce député, et ils se le figureront dans un rayon de gloire, avec une barbe blanche, des sabots, une limousine reluisant de givre, les mains pleines, souriant et emmitouflé comme le bonhomme Noël des contes...

Mais au fait, conclut mon ami, voilà qui ferait un crâne costume, bien autrement significatif et pittoresque que le triste habit noir d'aujourd'hui ou que les manteaux de croque-morts dessinés jadis par David pour les Directeurs, les Représentants du peuple et les Cinq-Cents! C'est une idée. Je compte en parler à la tribune si on me nomme, et proposer que nos députés se montrent ainsi vêtus dans leurs provinces au moins une fois l'an, quand oubliant la politique, ils deviennent — comme l'ex- cellent homme dont je viens de te raconter l'his- toire — députés des enfants, à l'époque des fêtes d'hiver.

FIN

TABLE DES CONTES

ÉMILE COLIN. — Imprimerie de Lagny,